Herbert Günther

Seit gestern ist Frieden

Herbert Günther

Seit gestern ist Frieden

GERSTENBERG

VERSUCH ES

Stell dich mitten in den Regen,
glaub an seinen Tropfensegen
spinn dich in sein Rauschen ein
und versuche gut zu sein!

Stell dich mitten in den Wind,
glaub an ihn und sei ein Kind –
lass den Sturm in dich hinein
und versuche gut zu sein!

Stell dich mitten in das Feuer,
liebe dieses Ungeheuer
in des Herzens rotem Wein –
und versuche gut zu sein!

Wolfgang Borchert

PROLOG

Wir hatten uns längst aus den Augen verloren, hatten jahrelang nichts voneinander gehört. Immer wenn er mir in den Sinn kam, war er sechzehn, voller Neugier auf das Leben, war er der erste Junge, den ich geküsst, der erste, der mir sehr viel bedeutet hat.

Am Morgen meines achtundfünfzigsten Geburtstags warf die Briefträgerin zusammen mit bunten Karten von Freunden und Verwandten und den vorgedruckten Glückwünschen von der Zahnarztpraxis und vom Optikergeschäft einen Brief durch den Schlitz neben der Haustür. Er rutschte auf den Fliesen bis weit in den Flur. Ich bückte mich und schon beim Anblick der Handschrift auf dem Umschlag durchfuhr mich ein freudiger Schreck. Absender: *G. Osterloh, Albrechtstraße 74, Berlin.* Konnte das sein? Gunnar? Nach so langer Zeit hatte er an meinen Geburtstag gedacht? Die plötzliche Erinnerung an Gunnar brachte mich so aus der Fassung, wie mich damals unsere erste Begegnung aus der Fassung gebracht hatte.

Ich ließ alle andere Post liegen, lief in mein Zimmer, setzte mich an den Schreibtisch. Voller Neugier und Ungeduld riss ich den Umschlag auf.

Es war gar kein Geburtstagsbrief. Auch kein »Weißt-du-noch-wie-schön-es-war«-Brief. Nach wenigen Sätzen stand er wieder deutlich vor meinen Augen, ich spürte seine sprühende

Begeisterung, hörte den suchenden, heiseren Ton seines Saxofons. Da war er wieder, Gunnar, dem ich so viel verdanke. Er schrieb, als wäre unsere letzte gemeinsame Reise erst gestern zu Ende gegangen. Als würden wir morgen wieder aufbrechen.

Wieder ist alles in der Schwebe, schrieb Gunnar. Der größte Teil seines Briefes erzählte davon, wie er mit seiner Tochter die ganz und gar euphorische Nacht des Mauerfalls am 9. November 1989 in Berlin erlebt hatte.

Ein Freiheitsrausch, schrieb Gunnar. *Die Menschen waren außer sich.* »Wahnsinn« *das Wort, das in aller Munde war. Umarmungen, Verbrüderungen wildfremder Menschen, unglaubliches Staunen. Was für ein Glück!*

Es ist wie ein Aufwachen, Hanne, wie damals, der Augenblick, die kurze Zeit, in der wir gespürt haben, wie frei wir sind. Wir – das sind nun mehr und mehr unsere Kinder, die die Chance haben zum Neuanfang.

Nach der durchlaufenen, durchjubelten, durchfeierten Nacht bin ich mit Mirjam, meiner Tochter – sie ist so alt wie wir damals – am Spreeufer gesessen. Allmählich wurde es hell. Wir haben lange auf das dahinströmende Wasser geblickt und versucht, die wilden Eindrücke der Nacht zu sortieren.

»Jetzt ist der Krieg endgültig vorbei«, hat Mirjam gesagt. »Jetzt sind wir wieder ein Volk.«

Mirjam erinnert mich in vielem an dich, Hanne, und ich möchte ihr so gern etwas von dem schenken können, was uns damals angetrieben, was uns aus der dumpfen Erstarrung der Nazizeit hat aufbrechen lassen. Nichts ist zu Ende, alles fließt weiter wie das Wasser der Spree. Auch die Freude dieser Vereinigungsnacht wird nicht bleiben. Freiheit lässt sich nicht festhalten.

Unsere Kinder werden alles neu und alles anders machen. Das ist ihr gutes Recht. Sie werden ihre Fehler machen, so, wie wir sie gemacht haben. Wir können nur versuchen, ihnen mitzuteilen, was uns umgetrieben, wonach wir gesucht, woran wir uns gestoßen haben. Wir könnten ihnen erzählen, wie das war, damals, als der Frieden begann ...

Gunnar. Es war, als stünde er neben mir. Die vielen Jahre, in denen wir uns nicht gesehen hatten, waren wie weggewischt. Als wären wir wieder sechzehn. Wieder die von damals.

Wie war das? Wie hat der Frieden angefangen, der uns heute zum Glück so selbstverständlich ist?

Erzählen kann ich nur meine Geschichte, und die ist eine andere als die von Gunnar oder die von jedem anderen Menschen aus dieser Zeit. Sie beginnt auf dem Hof vor unserem Haus, sie beginnt mit Julia und dem englischen Soldaten, mit Helmuts Treue zur Hitlerjugend, mit den Flüchtlingen, mit meiner unvollständigen Familie und unserer Angst vor der Zukunft.

November 1945
Der Engländer

1

Wir kamen aus dem Hühnerstall, Julia und ich, fünf nestwarme Eier in dem kleinen Korb, da bog der Jeep auf den Hof ein, Wasser spritzte aus der großen Pfütze, platschte gegen das Scheunentor, zwei englische Soldaten sprangen heraus und musterten misstrauisch die Fensterfront unseres Fachwerkhauses.

Erdmann, der schwarze Hofhund, sprang laut bellend aus seiner Hütte auf die Fremden zu, blieb aber in sicherem Abstand stehen. Ein dritter Soldat − er musste aus dem hinteren Teil des Jeeps geklettert sein − ging auf den Hund zu, redete auf ihn ein und zu meiner Überraschung beruhigte sich Erdmann und ließ sich schließlich sogar den Nacken kraulen.

Julia und ich rührten uns nicht vom Fleck. Die Soldaten schienen uns nicht bemerkt zu haben. Sie sprachen Englisch miteinander, was ich damals noch nicht verstand. Da zeigte einer, offenbar der Befehlshaber, auf uns und sagte etwas zu dem hundefreundlichen Soldaten. Der richtete sich auf und kam auf uns zu. Erdmann trottete brav neben ihm her.

Ich weiß nicht, ob meine Erinnerung mich täuscht, aber es könnte sein, dass es schon bei dieser allerersten Begegnung zwischen Julia und dem englischen Soldaten passiert ist. Jedenfalls war da etwas in ihren Augen und auch in seinen. Ich war vierzehn damals, also in einem Alter, in dem man so etwas merkt.

Julia war achtzehn, vier Jahre älter als ich, und für mich wie eine große Schwester, obwohl wir gar nicht miteinander verwandt sind. Ich war froh, dass sie und ihre Mutter wieder häufig zu uns kamen nach der langen, dunklen Kriegszeit, in der wir uns beinahe für immer verloren hätten.

»Hallo«, sagte der englische Soldat auf Deutsch. »Sind wir hier richtig bei Familie Hoffmann?«

Er sah nur Julia an und Julia nickte.

»Helmut?« rief ich. »Ist es wegen Helmut?«

Jetzt wandte sich der Engländer auch mir zu.

»Wie heißt du?«, fragte er.

»Hanne«, sagte ich. »Hanne Hoffmann.«

»Dann bist du seine Schwester?« Das schräg sitzende Barett auf seinen dunkelblonden Haaren war ihm beim Hundekraulen verrutscht. Er schob es wieder zurecht.

»Zwillingsschwester«, sagte ich.

»Well«, sagte er. »Dein Bruder mag uns nicht.« Und schon wieder mehr zu Julia: »Ein kleiner Nazi immer noch. Der Krieg ist aus, aber er ...«

»Er ist kein schlechter Junge«, sagte Julia und wurde puterrot.

»Wo ist er?«, rief ich. »Was habt ihr mit ihm gemacht?«

Inzwischen waren alle aus dem Haus gekommen und hatten sich auf den Treppenstufen vor der Haustür versammelt: Onkel Karl und Tante Lina, denen der Hof gehörte, meine Mutter und Julias Mutter.

»Come on, Adam!«, rief der Befehlshaber und winkte den deutschsprachigen Soldaten zu sich heran.

Ein letztes Lächeln für Julia, dann drehte sich der Gerufene um und ging mit seinem Vorgesetzten zur Treppe hinüber, Erdmann hinter ihm her.

Im Abstand von zwei, drei Metern zu den Engländern blieben wir vor dem Fenster zur ehemaligen Gesindekammer stehen. Das Fenster wurde von innen aufgezogen und das Gesicht von Frau Jakumeit erschien, der Flüchtlingsfrau aus Ostpreußen, die seit vier Wochen mit ihrem Mann und ihrem Sohn Jan auf dem Hoffmann'schen Hof einquartiert war. Erschrocken presste sie die Hand vor den Mund, als erwarte sie großes Unheil.

Der Befehlshaber hielt eine Art Rede auf Englisch, die sich ernst und irgendwie drohend anhörte. Adam, der Dolmetscher, übersetzte. Bei ihm hörte sich alles anders an, fast freundlich, obwohl das, was er sagte, meine schlimmsten Befürchtungen bestätigte: Mein Bruder Helmut habe sich der Sabotage schuldig gemacht. Er sei dabei erwischt worden, wie er und seine Freunde versucht hätten, die Eisenbahnbrücke hinter dem Dorf in die Luft zu jagen. Darauf stehe Zuchthaus. Man habe ihn festgenommen. Er weigere sich zu reden. Ob man in diesem Haus etwa noch immer an Hitler glaube?

»Der dumme Junge!«, entfuhr es meiner Mutter. »Von uns hat er das nicht! Verführt haben sie ihn mit dem ganzen Nazimist!«

Onkel Karl versuchte es erst auf Englisch, wechselte aber schnell ins Deutsche und erklärte, dass die Familie Hoffmann seit dem Ersten Weltkrieg strikt gegen jeden Krieg eingestellt und dass kein Hoffmann je in die Nazipartei eingetreten sei. Und wenn die Kinder sich zu solchen Dummheiten hatten verleiten lassen, dann sei das ganz und gar nicht im Sinn der Familie.

Ich musste schlucken. Mit »solchen Dummheiten« war auch ich gemeint. Auch wenn ich seit einiger Zeit längst nicht mehr überzeugt war von dem, was ich bei den Jungmädeln und beim BDM gelernt hatte.

Adam übersetzte alles ins Englische und das Gesicht seines

Vorgesetzten entspannte sich ein wenig. Aber was er dann sagte, stellte sich – auch in der Übersetzung – als Befehl heraus: Meine Mutter müsse mit ihnen kommen, um ihren verstockten Sohn beim Verhör zum Reden zu bringen.

»Dann fahren wir mit«, sagte Julia neben mir sofort. Sie wandte sich an den Dolmetscher: »Okay?«

Der Dolmetscher nickte, und als wir schon drauf und dran waren, in den Jeep zu steigen, merkte ich, dass ich immer noch den Eierkorb in der Hand hielt.

Der Engländer hielt uns die Tür auf. »Schöne Eier!«, sagte er und grinste.

Ich bin selten schlagfertig, aber in diesem Moment fiel mir wie von selbst etwas ein.

»Wollen Sie eins?«

Er lachte und zog die Augenbrauen hoch. Dann ließ er seine rechte Hand über den Eiern kreisen, als sei es wichtig, ein ganz bestimmtes auszuwählen, und nahm schließlich das Ei aus der Mitte.

»Thank you very much«, sagte er. »Vielen Dank!« Er hielt das warme Ei gegen seine Wange, dann warf er es hoch, fing es auf und ließ es in der ausgebeulten Brusttasche seiner Uniformjacke verschwinden.

Ich drückte den Eierkorb Tante Lina in die Hand. Sie fasste mich am Arm, als wolle sie mich zurückhalten, und ließ nur zögernd los.

Mutter, Julia und ich rutschten auf der Rückbank des Jeeps eng zusammen. »Bestechung!«, flüsterte Julia mir zu und lachte.

Mir war nicht nach lustig. Bis vor einem halben Jahr waren die Engländer unsere Feinde gewesen. Jetzt waren sie die Sieger und Besatzer. Sie hatten Helmut erwischt. Helmut im Zuchthaus? Das wollte ich mir nicht vorstellen.

Der Fahrer ließ den Motor an, wendete und fuhr durch die große Pfütze vom Hof. Ich drehte mich um. Der Jeep bog auf die Straße ein, und ich sah gerade noch, wie Onkel Karl Erdmann am Halsband festhielt.

2

Der Gasthof *Zur Linde* war ganz in der Hand der Engländer. Dort hatten sie ihre Verwaltungsstelle eingerichtet, die auch für die umliegenden Dörfer zuständig war. Im Schankraum saßen Einheimische und Flüchtlinge und warteten darauf, aufgerufen zu werden.

Eskortiert von den englischen Soldaten gingen wir an der Theke vorbei.

»Kopf hoch, Ida. Wird schon nicht so schlimm werden«, flüsterte der dicke Wirt meiner Mutter zu, aber Mutter hörte nicht hin.

Im Saal hing die englische Fahne, genau dort, wo bei Schützenfesten und Kirmes die Musikkapelle saß. An den Fensterseiten links und rechts waren Tische aufgestellt. Dahinter saßen Engländer, manche in Uniform, manche in Zivil, und vor ihnen standen oder saßen Leute, die Papiere brauchten, Bescheinigungen, Pässe.

»Adam, come here!«, tönte es sofort von zwei Tischen, als wir den Saal betraten. Der Dolmetscher ging zum ersten Tisch auf der rechten Seite, vor dem mit rotem Gesicht der Bauer Dahlke saß, kopfschüttelnd und scheinbar hocherregt.

Die englischen Soldaten, daran hatten wir uns inzwischen gewöhnt, gaben sich ziemlich lässig und unbekümmert. Die Disziplin der deutschen Soldaten war ihnen offenbar fremd. Oft spielten sie Fußball auf der Dorfwiese und ließen auch deutsche Kinder mitspielen. Dass Deutsche mit den Engländern spielten, hielten viele Leute im Dorf für ehrlos. Aber auch wenn es ihnen verboten wurde, sah man immer öfter Kinder hinter dem Ball herlaufen. Viele meiner Freundinnen aus BDM-Zeiten waren der Meinung, die Freundlichkeit der Engländer sei nur Taktik und man dürfe ihnen nicht trauen.

Die Soldaten führten uns quer durch den Saal, drei Stufen hinauf und in den Raum vor der Kegelbahn.

Da saß er. Mein Zwillingsbruder Helmut. Vornübergebeugt auf der Stuhlkante, eine rote Schramme quer durchs Gesicht, die rotblonden Haare hingen ihm wirr in die Stirn. Er starrte vor sich hin auf den Fußboden und tat, als ginge ihn das alles nichts an. Links neben ihm stand ein englischer Soldat, rechts unser Bürgermeister Bohnekamp und der Polizist Rupp aus dem Nachbardorf. Als würden sie einen Schwerverbrecher bewachen.

Helmut blinzelte vorsichtig hinter den Haaren hervor, als wir vor ihm standen, sah aber nicht auf.

»Helmut, du Schafskopf!«, rief Mutter. Sie sah aus, als hätte sie ihn am liebsten abwechselnd geschüttelt und an sich gedrückt. Doch sie bezwang sich. »Du dreimal dummer Junge!«, schimpfte sie los. »Warum begreifst du nicht? Der Krieg ist aus. Hör nicht länger auf die Rattenfänger! Denk an deinen Vater, an deine Familie!«

Es zuckte kurz in seinem Gesicht. Aber er antwortete nicht und starrte weiter auf den Fußboden.

Ich ging vor ihm in die Hocke, legte meine Hand auf seinen Arm, aber er schob sie weg. Dann riss er seine Arme hoch, als würde etwas in ihm explodieren. »Lasst mich in Ruhe!«, schrie er. »Lasst mich alle in Ruhe!«

Ich erschrak. Solche Wutausbrüche hatte er selten. Dass er sich auch mir gegenüber verschloss, war neu. Er schien verwirrt. In der Hand der Feinde sein – hatten wir gelernt –, das sei das Schlimmste, was man sich vorstellen konnte.

»Bastard!«, hörte ich die Stimme von einem der beiden Soldaten hinter mir. Dann spürte ich Julias Hand auf meiner Schulter, was mir guttat und mich beruhigte. Mutter schüttelte ratlos den Kopf.

»Da sehen Sie's, Frau Hoffmann«, ließ sich Polizist Rupp hören. »Der verflixte Bengel sagt keinen Ton!«

»Sie haben ihn unter der Eisenbahnbrücke erwischt, Ida«, sagte der Bürgermeister. »Die wollten sie in die Luft jagen, die Rappelköppe.«

Erst als der vielbeschäftigte Dolmetscher kam, konnte das Verhör beginnen. Der Befehlshaber stellte die Fragen – Fragen, die er offenbar schon ein paarmal gestellt hatte – und Adam übersetzte.

»Also noch einmal: Wer waren die beiden anderen?«

Helmut schwieg.

Polizist Rupp hatte nicht länger Geduld. »Rede doch endlich, Bursche!«, brüllte er. »Es waren doch deine beiden Spezis! Siegfried Hagemann und Armin Kornrumpf. Warum gibst du das nicht zu?«

»Ich bin kein Verräter«, sagte Helmut kaum hörbar.

»Wo ist euer Lager?«, übersetzte der Dolmetscher die nächste Frage. »Woher habt ihr den Sprengstoff? Die Waffen? Die Munition? Habt ihr nicht schon genug Unheil angerichtet? Willst du, dass am Ende noch mehr Menschen zu Tode kommen?«

Helmut schwieg.

Er schwieg auch zu allen anderen Fragen. Wer hinter ihrer Aktion stehe. Ob Erwachsene sie angestiftet hätten. Wem sie mit ihrem Anschlag hätten schaden wollen. Seit wann sie den Anschlag geplant hätten. Ob sie zu der Organisation »Werwolf« gehörten.

Helmut sagte zu alldem kein Wort, sah niemanden an, starrte eisern auf einen Punkt auf dem Boden. Aus der langen Schramme auf seiner Wange sickerte an einer Stelle Blut.

Mutter fuhr sich mit dem Handrücken über die Augen. Ratlos war auch sie, und eine Hilfe beim Verhör konnte sie nicht sein. Eher war ihre, war unsere Anwesenheit ein Grund mehr für Helmut zu schweigen.

Dann geschah etwas Unerwartetes. Adam, der Dolmetscher, »unser« Engländer, der freundliche junge Mann, der Julia schöne Augen gemacht hatte, verlor die Fassung. Er stürzte auf Helmut zu, packte ihn am Arm, zerrte ihn hoch, schüttelte ihn und schrie: »Du Idiot! Du Vollidiot! Du weißt ja überhaupt nicht, wem du da die Treue hältst! Antworte endlich, rede, sonst, sonst ...«

Er holte aus und vielleicht hätte er tatsächlich zugeschlagen, aber sein Vorgesetzter fiel ihm in den Arm, hielt ihn fest und drückte ihn – wie ein Vater seinen Sohn – an sich.

»All right, Adam«, sprach der Offizier beruhigend auf ihn ein. »It's all right.«

Der Dolmetscher zitterte am ganzen Körper. Er schien außer sich, er presste die Augen zusammen und ließ es zu, dass sein Vorgesetzter ihn – ganz unsoldatisch – umarmte und ihm über Rücken und Kopf strich.

Seltsam. Für einen Soldaten war das eine unwürdige Situation. Von den Hitlerjungen hätte er Hohn und Spott geerntet. Warum der Gewaltausbruch? Vielleicht hatte der freundlich wirkende junge Mann noch eine andere, eine dunkle Seite.

Auch Helmut zeigte sich von dem Vorfall irritiert. Er war auf den Stuhl zurückgefallen, sah jetzt zum ersten Mal hoch und blickte verständnislos auf die eng beieinander stehenden Soldaten.

Endlich löste sich der Dolmetscher aus der Umarmung seines Vorgesetzten. Er atmete tief durch. Dann schob er sich zwischen den umstehenden Menschen hindurch und verließ hastig den Raum.

Es herrschte betretene Stille. Erst nach einer Weile richtete sich die Aufmerksamkeit wieder auf die Frage, was denn nun mit meinem Bruder Helmut passieren sollte.

Nach Hause durfte Helmut nicht. »No way«, sagte der Offizier und Julia übersetzte. Eine Nacht auf der Kegelbahn, gut bewacht, das würde ihn vielleicht gesprächig machen, sagte der Befehlshaber. Und wenn nicht eine Nacht, dann zwei oder drei. Man würde sehen.

3

Meine Familie ohne Helmut: Zum Abendessen trafen wir uns am langen Tisch in der Küche. Eine Weile herrschte verlegenes Schweigen. Niemand wollte über Helmut reden. Alles war gesagt worden.

Dummer Junge. Hat die falschen Freunde. Wann begreift er endlich, dass der Krieg zu Ende ist?

»Wir sind eine Notgemeinschaft«, hatte Onkel Karl erklärt, als im Lauf des Sommers '45 sechs Flüchtlinge auf seinem Bauernhof einquartiert worden waren. Jeder hatte seine eigenen Probleme.

Vor drei Wochen erst hatten Onkel Karl und Tante Lina vom Suchdienst des Roten Kreuzes die niederschmetternde Nachricht erhalten, dass ihr einziger Sohn, Hoferbe Gustav, in einem russischen Gefangenenlager in Sibirien ums Leben gekommen war. Tante Lina sah man seitdem nur noch in schwarzen Kleidern und aus der gütigen, immer optimistischen Bäuerin war in kurzer Zeit eine gebeugte, schreckhafte alte Frau geworden. Sie und Onkel Karl waren über siebzig – wie es jetzt mit dem Bauernhof weitergehen sollte, wussten sie nicht.

Auch wir, Mutter, Helmut und ich, waren hier eigentlich nur Gäste, zusätzliche Esser. Vor mehr als fünf Jahren, Helmut und ich waren gerade mal neun, musste Vater in den Krieg. Auf seinen Rat hin hatten wir unsere kleine Mietwohnung in der Stadt aufgegeben und waren zu Vaters Onkel Karl hierher auf den Hoffmann'schen Bauernhof gezogen. Mutter, die auch aus dem Dorf stammt, war für Tante Lina eine willkommene Hilfe bei der Haus- und Feldarbeit. Nach dem Krieg, so war es geplant, würden wir zurück in die Stadt gehen, Vater würde wieder in seinem Beruf als Buchhändler arbeiten und Helmut und ich könnten vielleicht doch noch eine höhere Schule besuchen. Aber seit einem Vierteljahr hatten wir von Vater nichts mehr gehört. Jeden Tag, wenn der Postbote kam, schwebten wir zwischen Hoffnung und Angst und waren schon erleichtert, wenn wenigstens keine schlimme Nachricht eintraf.

An den Wochenenden saßen meistens auch Louise und Julia mit am Tisch, unsere Beinaheverwandten sozusagen. Schon vor dem Ersten Weltkrieg hatte sich Louise in Onkel Max verliebt, Vaters älteren Bruder. Sie verlobten sich. Doch dann war Onkel Max im Krieg in Frankreich schwer verwundet worden. Louise hatte ihn im Lazarett hingebungsvoll gepflegt. Er wäre gesund geworden, sagten meine Eltern oft, hätten die Ärzte nicht eine Elektroschockbehandlung an ihm ausprobiert. Onkel Max war daran gestorben. Viele Jahre später hatte Louise Johannes Mehnert geheiratet, Julias Vater. Vor zwei Jahren, 1943, war er in Stalingrad gefallen. Seitdem kamen Louise und Julia wieder oft zu uns. Auch Onkel Karl und Tante Lina mochten sie. Wie alle erwachsenen Hoffmanns waren auch Louise und Julia gegen Hitler. Nur Helmut und ich standen auf der anderen Seite, waren begeistert in Hitlerjugend und BDM, glaubten an »die neue Zeit«. Glaubten, dass der Nationalsozialismus der richtige Weg in eine bessere Zukunft sei. Es ging aufwärts in Deutschland nach vielen Jahren des Durcheinanders. Die Arbeitslosen waren von der Straße, mit all unseren Hoffnungen fühlten wir uns in der »Volksgemeinschaft« aufgehoben. Selbst im dritten Kriegs-jahr hatten wir – wie es uns eingeimpft worden war – immer noch geglaubt, dass jede Kritik am Nationalsozialismus Feind-propaganda sei. Über die Nörgeleien der Erwachsenen in unse-rer Familie lächelten wir lange. War es nicht immer so, dass die Älteren nicht mitkamen mit den neuen Ideen, die die Welt ver-änderten? Erst ganz am Ende des Krieges wuchsen meine Zwei-fel, aber immer noch tat es weh, sie vor mir zuzugeben. Helmut dagegen war standhaft geblieben und wehrte sich, wie er sagte, sein Fähnchen in den Wind zu hängen.

Im Unterschied zu Mutter hatten Julia und Louise nie ver-sucht, Helmut und mich umzustimmen. Immer gab es etwas über aller Politik, das uns verband. Unsere Freundschaft hielt viel aus. Halb im Scherz sagte Julia einmal, ihre Wochenendaus-flüge zu uns aufs Land seien »Fluchten an die Fleischtöpfe«, und sie würden überhaupt nur zu uns kommen, um sich satt zu es-sen. Damals kamen viele Leute aus der Stadt zu Hamsterfahrten ins Dorf, boten Trödelkram, aber auch goldene Uhren und Schmuck im Tausch gegen Wurst und Schinken an. Julia und ihre Mutter mussten nichts anbieten, sie fuhren jeden Sonntag mit einem Beutel voller Lebensmittel in die Stadt zurück. Aber sie kamen nicht nur deshalb. Jeden Samstag ging Louise auf den Friedhof und stand lange vor dem Grab von Onkel Max.

Von den anderen am langen Küchentisch, von den Flüchtlin-gen, wusste ich nicht viel. Nur dass sie alle Schlimmes erlebt hatten, dass sie aus ihrer Heimat fliehen mussten und voller Un-gewissheit waren, wie ihr Leben weitergehen sollte.

Vor einer Woche war der Lehrer Piontek bei uns einquartiert worden, ein langer, dünner Mensch, Mitte vierzig. Noch hatte ich ihn kaum ein Wort reden hören. Heute Abend saß er neben Louise, der Buchhändlerin.

»Ihr Wort in Gottes Ohr«, sagte der Lehrer. »Ich würde ja gern glauben, dass Bücher die Welt besser machen. Aber sehen Sie sich die Welt an ...«

»Bücher machen die Welt nicht besser«, antwortete Louise. »Aber die Menschen vielleicht, die die richtigen Bücher lesen.«

Der Lehrer Piontek war aus Dresden geflohen, nachdem die Stadt im Februar '45 vollkommen zerstört worden war. Er hatte sich einem Flüchtlingstreck angeschlossen und war dann lange in einem Lager gewesen. Was aus seiner Familie geworden war, darüber sprach er nicht.

Die beiden Schwestern Matysek stammten aus Schlesien und wohnten schon seit zwei Monaten bei uns. Sie waren sehr fromm und behaupteten, alles, auch der Krieg, sei gottgewollt und wir Menschen müssten alles Leid als Gottes Willen demütig hinnehmen. Vor und nach jedem Essen beteten sie still für sich und manchmal konnte ich in ihren Blicken die Enttäuschung darüber lesen, dass wir nicht mit ihnen beteten. Sie waren katholisch und fühlten sich hier in evangelischer Umgebung fremd.

An meiner Tischseite saß – neben Helmuts leerem Stuhl – Jan Jakomeit, der mit seinen Eltern aus Ostpreußen geflohen war. Seine kleine Schwester hatte die Strapazen der Flucht nicht überstanden. Frau Jakomeit erzählte oft von der sechsjährigen Irmgard und von dem großen Bauernhof, den sie zu Hause besessen hätten. Was Frau Jakomeit zu viel redete, fand ich, redeten Jan und sein Vater zu wenig. Die Familie wohnte in der ehemaligen Gesellenkammer und kam, wie die anderen Flüchtlinge auch, zu den Mahlzeiten in die Küche.

Nach dem Essen blieben wir alle noch eine Weile am Tisch sitzen, jeder in seine Gedanken versunken. Draußen war es dunkel, nasskalt, Novemberwetter, man hörte den Wind im nahen Wald. Morgen war Sonntag, der Tag ohne Post.

Schließlich erhob sich Onkel Karl und wünschte allen eine gute Nacht. Man nickte sich zu und ging auseinander.

Julia und ich schliefen in dem breiten Bett mit den quietschenden Sprungfedern, das in der kleinen Kammer stand, die früher einmal die Wurstkammer gewesen war. Eine Heizung gab es hier nicht, wir mussten uns mit einem Federbett begnügen. Durch das kleine Fenster sah ich Wolkenfetzen über den Mond ziehen und ab und zu blinkte ein Stern. Ich dachte an Helmut, der jetzt auf der Kegelbahn eingesperrt war. Er war ganz allein in der neuen Zeit, die ganz anders war als die neue Zeit, von der wir vor einem Jahr noch gesungen und an die wir geglaubt hatten. An die Helmut vielleicht immer noch glaubte. Jetzt waren alle gegen ihn.

4

Am Sonntagmorgen kamen wir spät aus dem Bett. Onkel Karl und Tante Lina, Mutter, Louise und die Schwestern Matysek waren im Aufbruch zur Kirche und so blieb ich mit Julia allein in der Küche zurück. Wir brühten uns Muckefuck auf, schnitten Scheiben vom selbst gebackenen Brot ab, strichen selbst gemachte Butter darauf und Tante Linas köstliche Johannisbeermarmelade.

»So gute Sachen gibt es in der Stadt nicht«, schwärmte Julia.

Wir sprachen über die Schule, machten Pläne, von denen wir nicht wussten, ob und was davon Wirklichkeit werden könnte. Im letzten Kriegsjahr war der Unterricht bei uns in der Dorfschule oft ausgefallen, weil der Hauptlehrer eingezogen worden war und Aushilfslehrer nur unregelmäßig kamen. Julia fand, dass ich unbedingt versuchen sollte, zur höheren Schule zu gehen, ich hätte das Zeug dazu, und vielleicht kämen ja doch bald wieder normale Zeiten, dann müssten wir Frauen beweisen, dass wir Besseres leisten könnten als die Männer mit ihrem ewigen Krieg. Sie hatte letztes Jahr das Notabitur gemacht und hoffte darauf, einen Studienplatz zu ergattern, sobald die Universität wieder richtig in Gang käme. Natürlich wussten wir beide, dass es in dieser Zeit keine Sicherheiten gab, aber das Plänemachen tat gut.

Mitten in unseren schönsten Zukunftsträumen hörten wir den Jeep auf den Hof fahren. Wir sprangen auf und rannten zum

Fenster. Zwei fremde englische Soldaten stiegen aus, Gewehre griffbereit. Dahinter »unser« Engländer, von Erdmann freudig begrüßt.

Es klingelte.

Erschrocken sahen wir uns an. Was hatte das zu bedeuten? Helmut, dachte ich. Es war was mit Helmut.

Ich öffnete die Haustür.

Adam stand auf der oberen Stufe der Treppe. Mit roten Ohren und einem der Situation völlig unangemessenen Lächeln sagte er: »Guten Morgen, Fräuleins. Es tut uns leid, dass wir schon wieder stören müssen. Der junge Mann, dein Bruder, hat es heute Nacht vorgezogen, das Weite zu suchen. Wir vermuten, dass er inzwischen hier im Haus ist, und fordern euch auf, uns den Ausreißer unverzüglich zu übergeben.«

Die beiden Soldaten mit den Gewehren hielten es offenbar weniger mit der Höflichkeit. Sie sahen aus, als wären sie zu allem entschlossen.

»Er ist nicht hier«, sagte ich erschrocken. »Wirklich nicht.«

Adam schien das erwartet zu haben. »Wenn ihr erlaubt«, sagte er weiter im Ton ausgesuchter Wohlerzogenheit, »würden wir uns gern selbst davon überzeugen.«

Julia und ich drückten uns an die Wand im Flur und ließen die drei Soldaten an uns vorbei ins Haus. Sie durchsuchten alle Räume, schauten sogar im Schlafzimmer von Tante Lina und Onkel Karl unter die schweren Eichenholzbetten, öffneten alle Schranktüren, stiegen auf den Dachboden. Einer der Soldaten fragte, wo denn die anderen Leute seien, die Frauen und der alte Mann.

»In der Kirche«, sagte ich.

»Church«, übersetzte Adam und die beiden anderen gaben sich damit zufrieden.

Der Dolmetscher war wieder ganz so, wie wir ihn kennengelernt hatten. Nichts deutete mehr darauf hin, dass er tags zuvor die Beherrschung verloren hatte. Während der ganzen Aktion der Hausdurchsuchung hielt er sich auffällig in Julias Nähe. Ein paarmal sprachen sie Englisch miteinander. Ich verstand nichts.

Sie durchstöberten auch das Lehmfachwerkhaus, die ältere Hälfte des Doppelhauses. Darin war die seit Langem unbenutzte Tischlerwerkstatt von Onkel Karls Vater.

Als sie in der Gesindekammer auf Jan Jakumeit stießen, wollte einer der beiden Soldaten schon triumphieren. Aber Adam klärte ihn auf.

Auch in den beiden kleinen Räumen die Treppe hinauf, in die die Schwestern Matysek und der Lehrer Piontek eingezogen waren, wurden die Soldaten nicht fündig.

Die Suche zog sich hin, wurde auf Scheune, Hühner- und Kuhstall ausgedehnt. Von Helmut keine Spur. Der Gottesdienst musste inzwischen längst zu Ende sein, aber die anderen kamen nicht. Wahrscheinlich waren sie zusammen auf den Friedhof gegangen.

Schließlich gaben die Soldaten ihre Suche auf, und Adam teilte uns höflich, aber bestimmt mit, dass wir uns strafbar machen würden, sollten wir nicht unverzüglich melden, wenn Helmut hier auftauchte. Dann sprangen sie in ihren Jeep, die Türen klappten zu, Wasser aus der großen Pfütze spritzte auf, Erdmann bellte ihnen hinterher.

Auch Julia sah ihnen nach, gedankenverloren irgendwie. Ich musste meine Frage zweimal stellen. »Meinst du, Helmut ist wirklich hier?«

Sie zog die Schultern hoch. »Keine Ahnung, Hanne.«

Wir hörten Schritte hinter uns und drehten uns um. Jan Jakumeit stand da und sah uns an. Er sagte nichts, aber zum ersten Mal erlebte ich, dass er von sich aus auf jemanden zuging.

Ich starrte ihn an. »Weißt du etwa …?«

Er nickte.

»Helmut?«

Er nickte wieder und deutete mit dem Kinn auf Erdmann, der schwanzwedelnd vor dem alten ehemaligen Schweinestall stand. Aber die Soldaten hatten doch alle drei Türen des niedrigen Sandsteingebäudes geöffnet und ausführlich jeden Stall durchsucht.

»Du meinst, dass Helmut da drin ist?«

»Hundchen weiß«, sagte Jan Jakumeit. »Mecht sein unter Dach.«

Jetzt fiel es mir ein. Natürlich. Sollte Helmut sich tatsächlich hier irgendwo verstecken, dann auf dem kleinen Gerümpelboden über den alten Schweineställen. Schon in unserer Kinderzeit war es dieser Ort gewesen, an dem er sich am liebsten versteckt hatte. Wie hatte er sich gefreut, wenn ihn niemand dort fand.

Die Leiter, die auf den schmalen Dachboden führte, war morsch. Eine Sprosse brach unter meinem Fuß, die nächste hielt. Mit einer Mischung aus Beklemmung und Hoffnung hievte ich mich von der Leiter auf den muffigen Boden. Hier oben konnte man sich nur tief gebückt oder auf allen vieren bewegen. Das Durcheinander von staubigen Kisten, Kästen, Schachteln und undefinierbarem Unrat war ein Paradies für Mäuse und Ratten.

»Helmut?«, rief ich mit zitternder Stimme. »Bist du da?«

Nichts rührte sich.

Auf Händen und Knien kroch ich weiter. »Helmut! Komm raus! Es tut dir keiner was!«

Nichts. Ich kroch weiter.

Plötzlich polterte es dicht vor mir, etwas fiel zu Boden. Und dann erschien sein Gesicht neben der ausrangierten Bauern-kommode. Er grinste.

»Sind sie weg?«, flüsterte er.

»Längst«, sagte ich. »Kannst rauskommen.«

»Und dann?«, sagte er. »Ich geh nicht zurück. Ich verpfeife keinen.«

Über seiner verschrammten Wange klebte ein großes Pflaster.

»Sie haben dich verarztet«, sagte ich. »Siehst du. So schlimm sind die gar nicht. Ich glaube sogar, manche sind ganz in Ord-nung.«

»Die tun nur so«, sagte Helmut. »Die sind nur freundlich, weil sie uns reinlegen wollen.«

»Glaube ich nicht«, sagte ich. »Wenn man keinen Blödsinn macht und sie nicht reizt, kann man mit ihnen auskommen.«

Er sah mich an. Mit Müdigkeit in den Augen sagte er: »Bist du auch schon so weit, Hanne? Hast du alles vergessen, was uns heilig war?«

»Heilig, Helmut? Ich weiß nicht …«

Unten auf dem Hof wurden Stimmen laut. Mutter, Onkel Karl, dazwischen Julias Stimme.

Und dann stand Onkel Karl unten vor der Leiter und rief: »Helmut, Junge! Komm da runter. Niemand tut dir was.«

Es arbeitete hinter Helmuts Stirn. Dann rief er zurück: »Ich komme nur, wenn ihr versprecht, dass ihr mich nicht verratet!«

»Komm runter, Junge!«, sagte Onkel Karl eine Spur strenger.

Helmut schüttelte den Kopf. »Ich gehe da nicht wieder hin!«, rief er. »Die wollen doch nur, dass ich meine Freunde verrate!«

»Komm runter, Junge«, sagte Onkel Karl noch einmal. »Dann können wir in Ruhe reden. Du musst ja hundemüde sein.«

Helmut zögerte. Schließlich setzte er sich doch in Bewegung und kroch auf die Öffnung im Dachboden zu.

5

Der Familienrat trat zusammen, fand aber keine Lösung. Was sollte man mit Helmut machen, der, wie Onkel Karl sagte, den guten Ruf der Familie Hoffmann so schafsköpfig aufs Spiel gesetzt habe. Sollten wir ihn den Engländern ausliefern? Sollten wir ihn verstecken und das Risiko einer empfindlichen Bestrafung eingehen? Und das Gerede im Dorf? Die meisten Leute hier waren doch bemüht, sich bei den Besatzern in gutes Licht zu rücken und bloß nichts zu tun, was sie in Bedrängnis bringen könnte. Dass sie sich vor einem Jahr den Nationalsozialisten gegenüber genauso verhalten hatten, wollte keiner mehr wissen.

»Mach reinen Tisch, Junge«, sagte Mutter. »Trenn dich von deinen falschen Freunden, die dich doch nur benutzen. Denk daran, was dein Vater sagen würde, Helmut.«

Louise nickte. »Deine Mutter hat recht«, sagte sie. »Du bist jung, Helmut. Deine Zukunft liegt vor dir. Was war, ist vorbei. Es gibt so vieles auf der Welt, für das es sich einzusetzen lohnt.«

Die Ellbogen auf den Tisch, den Kopf zwischen die Hände gestützt, saß Helmut an der Stirnseite des langen Küchentischs und schwieg. Das Pflaster hatte er abgerissen. Eine Spur dunkler Salbe quer über der Wange, die wirren Haare in der Stirn, der am Ausschnitt und Ärmel zerrissene Pullover – er sah aus wie früher nach einer heftigen Rauferei.

»Der verlorene Sohn«, flüsterte die ältere Matysek der jüngeren Schwester zu.

»Nun sag uns mal«, versuchte Onkel Karl Helmut zum Reden zu bringen, »wie stellst du dir das vor? Was soll nun werden?«

»Ich geh da nicht wieder hin«, sagte Helmut. »Ich verrate keinen.«

Mehr sagte er nicht. Was nun werden sollte, daran hatte er nicht gedacht.

Mit großer Verspätung deckten Mutter und Tante Lina den Tisch. Das Mittagessen bestand wieder einmal aus Pellkartoffeln und Quark. Als Sonntagszugabe bekam jeder ein Stück von der guten, selbstgemachten Butter, die – getupft in eine Prise Salz – wohlschmeckend auf der Zunge schmolz.

Nach dem Essen zündete sich Onkel Karl seine kostbare Sonntagszigarre an und ließ den Rauch unter den Lampenschirm steigen. Aber statt wie sonst Gemütlichkeit zu verbreiten, biss mir der Rauch nur in den Augen. Wir waren alle nervös und angespannt und rechneten jeden Moment mit dem Motorengeräusch des englischen Jeeps auf dem Hof. Nicht auszudenken, was dann passiert wäre.

Mitten in die allgemeine Ratlosigkeit hinein sagte Julia: »Wir gehen hin, Hanne und ich. Wir reden mit ihnen. Die Engländer sind keine Unmenschen. Es muss doch eine Lösung geben. Wenn wir es verheimlichen, entstehen nur neue Probleme.«

Zu meiner Überraschung wehrte sich Helmut nur lauwarm gegen den Vorschlag. »Aber ich gehe nicht mit«, sagte er nur.

Onkel Karl war erleichtert. »Mädchen«, sagte er, Rauch von sich paffend. »Wollt ihr das wirklich tun?«

»Ja«, sagte Julia und ich nickte.

6

Es war einer dieser Novembertage, an denen es nicht richtig hell werden wollte. Kein Mensch war zu sehen, das Dorf schien wie ausgestorben.

»Habe ich dich überrumpelt?«, fragte Julia.

»Bisschen schon«, sagte ich. Ich hatte ein mulmiges Gefühl im Bauch. Es war, als hätte sie mich überredet, vom höchsten Turm im Freibad zu springen. Vielleicht würde ich ja hinterher froh sein, es geschafft zu haben. Jetzt aber war da nur Ungewissheit. Was würden sie mit Helmut machen?

Auf dem Hof vor dem Gasthaus *Zur Linde* stand eine Gruppe englischer Soldaten, die Köpfe eingehüllt in Zigarettenqualm. Julia ging auf sie zu und fragte nach Adam Bennett. Ich wunderte mich, dass sie seinen Nachnamen wusste.

Natürlich ging es nicht ohne anzügliche Blicke und Ausrufe ab. Sie musterten uns, Julia vor allem, pfiffen durch die Zähne. Schließlich forderte uns einer der Soldaten auf, ihm zu folgen, und ging die feuchten, moosigen Steinstufen zur Obstwiese hinter der Kegelbahn hinauf. Dort sahen wir Adam Bennett mit einem seiner Kameraden beim Versuch, auf der holprigen Wiese so etwas Ähnliches wie Golf zu spielen.

»Hey Adam!«, rief unser Begleiter so laut, dass es wahrscheinlich im ganzen Dorf zu hören war. »Your girlfriends! They ask for you!«

Schallendes Gelächter auf dem Hof. Adam kam mit dem Golfschläger in der Hand auf uns zu. Es war ihm anzumerken, dass er sich über das Wiedersehen freute.

»Oh, hallo«, sagte er.

Dann redeten Julia und Adam deutsch und englisch durcheinander. Ich verstand kein Wort. Sie lachten, warfen sich Blicke zu, und ich hatte schon das Gefühl, es ginge gar nicht mehr um Helmut.

Aber dann sagte Adam: »Das überrascht mich nicht. Ein Junge in dem Alter ...«

»Bitte«, mischte ich mich schnell in das Gespräch ein. »Mein Bruder ist kein schlechter Mensch. Er wird so etwas bestimmt nicht wieder tun.«

»Well«, sagte Adam und nickte mir beruhigend zu. »Gut, dass ihr gekommen seid. Ich werde mit Officer Walker reden. Bitte wartet hier.«

Er ging. Dann fiel ihm ein, dass er immer noch den Golfschläger bei sich hatte. Er kehrte um und drückte ihn Julia in die Hand.

»Spielen Sie weiter für mich«, sagte er. »Just a minute. David will show you!«

Jetzt war Julia überrumpelt. Röte schoss ihr ins Gesicht. Aber sie fand die Fassung schnell wieder und rettete sich in ihr helles Lachen. Der andere Soldat, David also, winkte uns zu sich heran.

»Your turn«, sagte er. »Can you see the hole?« Er zeigte auf das provisorisch ausgebuddelte Loch im Grasboden und auf die weiße Kugel, die etwa fünf Meter davor lag.

Julias Schlag war nicht kräftig genug. Der kleine Ball holperte über die unebene Wiese und blieb gut einen Meter vor dem Loch im feuchten Gras liegen.

»Try again«, lachte David.

Julia drückte mir den Schläger in die Hand. »Jetzt du, Hanne!«

Zu meiner Überraschung schaffte ich es, den Golfball ins Loch zu bugsieren, und David klatschte Beifall.

Kaum hatten die Soldaten unten auf dem Hof gemerkt, dass wir Golf mit David spielten, kamen sie herauf, umringten uns und gaben ihre Kommentare ab. Es war seltsam, plötzlich bei einem harmlosen Spiel so nah von ehemaligen Feinden umgeben zu sein.

Nach fünf oder zehn Minuten kam Adam zurück, mit ihm Officer Walker und sein Fahrer. Sie forderten uns auf, in den Jeep zu steigen. Winkend verabschiedeten wir uns von David und den anderen Soldaten, dann fuhren wir durchs Dorf zu uns nach Hause.

Onkel Karl öffnete die Haustür. Aus der Küche war aufgeregtes Stimmengewirr zu hören, und ich befürchtete schon, Helmut habe sich wieder aus dem Staub gemacht.

»Officer Walker besteht darauf, dass Helmut herauskommt«, sagte Adam.

Ein schlechtes Zeichen, dachte ich, wahrscheinlich wollten sie ihn wieder mitnehmen. Wie ich Helmut kannte, würde er sich mit allen Mitteln dagegen wehren.

Aber dann öffnete sich die Haustür weit und im Geleitschutz von Mutter, Louise, Tante Lina und Onkel Karl kam Helmut die Treppe herunter und sah sich mit unsicheren Blicken um. Auf dem Steinweg vor der Treppe blieben alle stehen, Helmut in der Mitte.

Wie bei einer Gerichtsverhandlung standen sie voreinander, nur dass der Angeklagte hier höher stand als der Ankläger. Officer Walker hielt eine längere Rede, Adam übersetzte. Helmut hielt den Blick gesenkt. Ich konnte sein Gesicht nicht richtig sehen, aber ich war sicher: In ihm tobte ein heftiger Kampf.

Am Ende seiner im streng militärischen Ton gehaltenen Rede verkündete Officer Walker das Urteil:

»Wir haben beschlossen«, übersetzte Adam, »dass sich Helmut Hoffmann, der sich der Sabotage gegen die Nachkriegsordnung in Deutschland, vertreten durch die alliierten Streitkräfte der britischen Krone, schuldig gemacht und sich darüber hinaus unserer Haftanordnung gewaltsam entzogen hat, von heute an täglich auf der britischen Verwaltungsstelle hier im Dorf zu melden hat. Sollte er dieser Anordnung nicht nachkommen, sehen wir uns gezwungen, ihn unverzüglich dem Jugendarrest zu übergeben. Angesichts der rechtzeitigen Meldung durch seine Familie und in der Hoffnung, dass sich der junge Delinquent in Zukunft gegenüber den alliierten Behörden loyal verhalten wird, wollen wir für dieses Mal Gnade vor Recht ergehen lassen und von einer weitergehenden Bestrafung vorerst absehen. Haben Sie alles verstanden?«

Mutter und Louise nickten. Helmut sah ungläubig von einem zum anderen.

»Ja, das haben wir«, antwortete Onkel Karl, ging auf Officer Walker zu und streckte ihm die Hand hin. »Und wir bedanken uns für Ihr großzügiges und korrektes Verhalten.«

Zum ersten Mal sah man auch den englischen Offizier lächeln. Er drückte Onkel Karl die Hand, und fast sah es so aus, als hätten sie einen Friedensvertrag geschlossen: Frieden zwischen England und der Familie Hoffmann. Ein Anlass für feierliche Gefühle.

Vor Erleichterung redeten alle durcheinander. Ich konnte nicht anders, ich fiel Helmut um den Hals und er ließ es sich gefallen.

Ob Julia mit Adam gesprochen und sich bei ihm bedankt hatte, bekam ich vor Aufregung nicht mit, aber plötzlich hörte ich ihre Stimme, ungewohnt laut und irgendwie erschrocken.

»Mama!«, rief Julia. »Unser Zug! Unser Zug ist weg!«

Tatsächlich. Inzwischen war es halb fünf. Der letzte Zug in die Stadt war um vier Uhr gefahren. In all der Aufregung hatten wir die Zeit vergessen.

Später habe ich oft darüber nachgedacht, ob es Zufall war oder vielleicht doch eine Fügung des Schicksals. Noch ahnte keiner, welche weitreichenden Folgen der verpasste Zug haben würde.

»Das trifft sich gut«, sagte Adam Bennett. »Wir müssen heute Abend noch zur Kommandantur in die Stadt. Wenn Sie wollen, können Sie mitfahren.«

Natürlich wollten sie.

Das Bild steht mir noch heute deutlich vor Augen: Julia mit dem Lebensmittelbeutel für die kommende Woche, ihre Mutter mit dem kleinen Koffer in der Hand und dem abgewetzten Mantel über dem Arm. Adam hält ihnen die Tür auf, sie steigen ein, er setzt sich zu ihnen auf die Rückbank, der Jeep fährt durch die Pfütze vom Hof, sie winken, wir winken zurück, Erdmann bellt.

An diesem trüben Novembertag 1945 fing für meine Freundin Julia, meine »große Schwester«, eine Geschichte an, die noch vor Kurzem niemand für möglich gehalten hätte.

1946
Stadt und Land

1

Im Frühjahr 1946 wurde die englische Verwaltungsstelle aus unserem Dorf abgezogen. Wer jetzt mit der Besatzungsmacht zu tun hatte, Papiere brauchte oder zur Entnazifizierung einbestellt wurde, musste in die Stadt zur englischen Kommandantur, die in der Aula der Universität eingerichtet worden war.

Das Leben im Dorf war sich wieder mehr und mehr selbst überlassen. In der nationalsozialistischen Zeit hatte es immer die laute und unmissverständliche Stimme der Partei in Person des Ortsbauernführers Hagemann gegeben, die maßgeblich war für das, was alle zu denken, zu tun und zu lassen hatten. Dass diese Stimme nun fehlte, war für viele wie ein Alleingelassenwerden, eine zusätzliche Bürde im täglichen Kampf ums Überleben.

Obwohl Hunger und Not in der Stadt nicht weniger wurden, kamen Julia und ihre Mutter nicht mehr jedes Wochenende zu uns aufs Land. Manchmal kam nur Louise. Julia, erzählte sie, traf sich jetzt hin und wieder mit Adam, der inzwischen als Dolmetscher auf der englischen Kommandantur eingesetzt war.

»Die beiden sind sich nähergekommen«, erzählte Louise Mutter und die Frauen lächelten wie allwissend.

Abends vor dem Einschlafen in meinem kalten Zimmer stellte ich mir das manchmal vor: Julia trifft sich mit Adam. Sie schauen sich in die Augen. Sie reden. Auf Deutsch. Auf Englisch. Durcheinander. Sie lachen. Sie küssen sich. Und dann …

Mein Bruder Helmut war nachdenklich geworden. Viele Male war er auf der englischen Verwaltungsstelle gewesen. Und jedes Mal hatte er lange mit Adam Bennett geredet. Worüber? Helmut machte ein großes Geheimnis daraus. Ich hätte es gern gewusst, aber er schwieg sich aus. Etwas arbeitete in ihm. Ich wusste, dass es besser war, ihn nicht zu drängen. Seine beiden Freunde Siggi Hagemann und Armin Kornrumpf waren nach der Sache mit der Eisenbahnbrücke aus dem Dorf verschwunden. Als sie wieder aufgetaucht waren, hatte Helmut keine Anstalten gemacht, sich mit ihnen zu treffen. Es schien, als seien sie ihm auf einmal egal.

Im Dorf gab es Gerede. Wir Hoffmanns galten plötzlich als England-Freunde. Wir hätten uns eingeschmeichelt bei den Siegern, wurde gemunkelt, und in Helmuts Verhalten sahen viele ein Zeichen dafür, dass er sich von den Feinden habe umkrempeln lassen. Manche sprachen sogar von »Gehirnwäsche«.

Es kam Donnerstag, der 16. Mai 1946, an dem das Leben unserer Familie eine neue Wendung nahm. Das Wetter war alles andere als frühlingshaft, es nieselte aus tief hängenden Wolken, und Mutter und ich mussten die Pferdedecke über die Wäsche im Bollerwagen legen, mit der wir zur Heißmangel im Nachbardorf gehen wollten. Der Weg führte knapp einen Kilometer am Waldrand entlang. In diesen Zeiten, hieß es, sollte man hier im Dunkeln nicht allein gehen, als Frau schon gar nicht. Es passierten immer wieder schlimme Dinge in der Gegend und selbst tagsüber schien es hier nicht ganz geheuer.

Die Heißmangel lag im Erdgeschoss einer alten Zuckerfabrik, die 1933 zum Parteigebäude umgebaut worden war und in dem nun Ausgebombte und Flüchtlinge einquartiert waren. Das Gebäude war düster. Nicht nur fehlten große Fenster, auch hing so viel Vergangenheit darin, an die ich mich nicht gern erinnern wollte. Ich fühlte mich unbehaglich. Ich hörte Kinder weinen, Männer schreien, Frauen schimpfen. Und im Halbdunkel huschten Gestalten vorbei, die mir Furcht einjagten.

Wir mussten zwei Stunden warten, bis wir an der Reihe waren, und selbst Mutter, die sich so schnell vor nichts fürchtete, war froh, als wir das Gebäude endlich hinter uns lassen und unseren Handwagen mit der frisch gemangelten Wäsche über den Schotterweg Richtung Waldrand ziehen konnten.

Wir waren noch nicht weit gegangen, da kamen zwei kleine Mädchen, zehn Jahre vielleicht, aus dem Wald gestürmt, offenbar außer sich vor Angst.

»Da sind Männer! Böse Männer!«, riefen sie und zeigten in Richtung Wald.

Im Zwielicht der feucht geregneten Bäume und Büsche, etwa zehn Meter von uns entfernt, standen zwei reglose Gestalten, Vogelscheuchen in Lumpen, und blickten zu uns herüber. Die kleinen Mädchen flüchteten schreiend in Richtung Zuckerfabrik.

Mutter und ich sahen uns an. Was sollten wir machen? Weglaufen? Wohin? Was waren das für Männer? Die Angst vor Zwangsarbeitern, die sich wahllos an Deutschen rächen würden, war Dorfgespräch. Waren es Räuber? Mörder? Stocksteif standen wir da. Niemand war in der Nähe, der uns hätte beistehen können.

Komm schnell, lass uns weglaufen, wollte ich sagen. Da ließ Mutter die Deichsel unseres Handwagens fallen und rannte auf die unheimlichen Gestalten zu. Eine kam ihr entgegen und Mutter stürzte sich in ihre Arme.

»Paul!«, schrie sie wie von Sinnen. »Mein Gott, Paul!«

Es dauerte, bis ich begriff. War das mein Vater – diese dürre Gestalt da unter den Bäumen? So lange hatten wir nichts von ihm gehört.

Sie hielten sich in den Armen, lachten und weinten und konnten ihr Glück nicht fassen.

Zögernd und noch immer ungläubig ging ich zu ihnen hinüber. Vater zog mich an sich. Sein Bart kratzte in meinem Gesicht. Er roch abscheulich nach Schweiß, Dreck und was weiß ich.

»Hanne!«, keuchte Vater. »Mein Mädchen!«

In die große, überschäumende Freude mischte sich eine seltsame Fremdheit. Vater war nicht mehr der, den ich gekannt hatte. Seine Augen lagen tief in den Höhlen, die eingefallenen Wangen gaben seinem Gesicht etwas Strenges, Leidvolles, und die dürren Arme verloren sich beinahe in den Ärmeln seiner löchrigen Jacke. Mit einem Bindfaden hatte er sich die fleckige, viel zu weite Hose um den Leib gebunden.

In unserer Wiedersehensfreude hätten wir beinahe die zweite Vogelscheuche vergessen, den Mann, der immer noch an einen Baum gelehnt hinter uns stand. Sogar Vater schien ihn kurzzeitig vergessen zu haben.

»Das ist Heinrich«, sagte er endlich. »Mein Kamerad. Ohne ihn wäre ich vielleicht nicht mehr am Leben.«

Heinrich Laskowsky war einen Kopf größer als Vater und sah aus wie ein wandelndes Skelett. Die beiden hatten sich zusammen von Norwegen aus durch Schweden und über die Ostsee nach Pommern durchgeschlagen, wo sie von russischen Soldaten gefangen genommen und in ein Internierungslager gesteckt worden waren. Von dort konnten sie fliehen und sich auf den langen, gefahrvollen Fußmarsch nach Hause machen. Unterwegs hatte Vater zwei Postkarten geschrieben, die nie angekommen waren. Einmal hatte er versucht, Bürgermeister Bohnekamp anzurufen, den Einzigen im Dorf, der ein funktionierendes Telefon besaß, aber die Verbindung war nicht zustande gekommen.

Zu Hause war die Freude groß. Selbst Tante Lina erwachte für Stunden aus ihrer Schwermut, und Onkel Karl drückte Vater an sich, als wäre mit ihm sein eigener Sohn Gustav heimgekehrt. Auch Helmut verbarg seine Freude nicht und fiel Vater um den Hals.

Die beiden Heimkehrer badeten ausgiebig und für Heinrich Laskowsky wurde ein alter Anzug von Gustav hervorgesucht. Mutter und Tante Lina deckten den Tisch mit allem, was noch in der Speisekammer zu finden war.

»Jetzt müsst ihr erst mal wieder zu Kräften kommen«, sagte Onkel Karl.

Wir weideten uns an dem Anblick der beiden ausgemergelten Männer, die mit Heißhunger Wurst und Schinken, Rühr- und Spiegeleier verschlangen. Wie gut, dachten wir, dass wir ihnen nach so langer Entbehrung gute Sachen zum Essen bieten konnten.

Das Ergebnis war verheerend: Die halbe Nacht verbrachten Vater und sein Kriegskamerad zwischen Bett und Toilette. Sie übergaben sich immer wieder und krümmten sich vor Bauchschmerzen. Mutter brachte Wärmflaschen für beide.

Am Freitagmorgen musste ich Dr. Braxler holen. Er verordnete Kohletabletten, Haferschleim und Kamillentee. Bis die Männer wieder auf die Beine kamen, verging mehr als eine Woche, und eine weitere dauerte es, bis Vaters Kriegskamerad seinen gefahrvollen Weg nach Hause allein fortsetzen konnte.

8

In einer Gewitternacht, zwei, drei Wochen nach Vaters Heim-
kehr, kam Helmut zu mir und wir redeten. Blitze zuckten,
leuchteten für einen Augenblick die kleine Kammer taghell aus.
Dann war es wieder finster und Donner rollte. Als Kind schon
war Helmut in Gewitternächten oft zu mir gekommen. Zum
ersten Mal seit Langem war es zwischen uns wieder wie früher.

»Hättest du das gedacht?«, fragte Helmut.

»Was gedacht?«, sagte ich. »Was meinst du?«

»Das mit den KZs. Dass sie da gefoltert haben. Und noch
Schlimmeres …«

»Dass es KZs gab, haben wir doch gewusst«, sagte ich. »Lager
für die Arbeitsscheuen, das haben sie uns doch erzählt. Für Sa-
boteure. Für alle, die den nationalsozialistischen Fortschritt be-
hindert haben.«

Helmut schwieg eine Weile. Der Schein eines Blitzes strich
über sein Gesicht, er kniff die Augen zusammen. Die Gewitter-
angst hatte er von unserer Mutter geerbt, und als wir Kinder
waren, hatte ich ihn oft damit aufgezogen.

»Adam sagt, es war viel schlimmer«, sagte Helmut schließlich.

»Adam?«

»Adam, ja. Er ist mein Freund.«

»Dein Freund? Der Engländer?«

»Erst habe ich gedacht, sie wollen mich fertigmachen. Missionieren. Umkrempeln. War aber ganz anders.«

»Adam und Julia ... Du weißt, die beiden ...«

Ein Lächeln flog über sein Gesicht. »Du meinst, er ist nur mein Freund wegen Julia?«

»Ich weiß nicht. Vielleicht.«

»Und wenn«, sagte Helmut. »Dass er in Julia verknallt ist, hat er mir doch gesagt. War kein Geheimnis. Aber ich bin sicher, es liegt ihm auch was an mir.«

»Und warum?«

»Adam ist anders. Kein Feind. Ich glaube ihm. Und er hat es gesehen ... mit eigenen Augen gesehen ...«

»Was?«

»Er sagt, da hinten in Polen, da hat die SS Menschen vergast. Umgebracht, Hunderte, Tausende, wie am Fließband. Juden vor allem. Einfach nur, weil sie Juden waren.«

»In Polen? Ist er da gewesen?«

»Nein. Aber ...«

»Hitler hat die Juden gehasst«, sagte ich. »Meinst du wirklich, dass er ...«

»Und wir haben ihm geholfen«, sagte Helmut. »Geholfen zu hassen ...«

Ein beklemmendes Gefühl stieg in mir auf und verschlug mir die Sprache.

»Hitler war ein Verbrecher«, sagte Helmut.

Mir wurde flau im Magen. In meinem Kopf drehte sich alles. Wie war das möglich? Vor Kurzem noch hatte mein Bruder für »unsere Sache« gekämpft, für den Nationalsozialismus. Nach Kriegsende noch, als ich schon voller Zweifel war, wollte er sich den Siegern nicht beugen. Und jetzt?

»Glaubst du, dass das alles falsch war, was wir ...«

»Ich glaube nichts mehr«, sagte Helmut. »Keinem was.«

»Unsere Wanderfahrten«, sagte ich. »Lagerfeuer, die Heimabende, der Zusammenhalt, die Volksgemeinschaft, dass die Arbeitslosen weg von der Straße sind, dass es aufwärts gegangen ist, dass alle an was glauben konnten, meinst du, das war alles … alles … Verbrechen?«

»Wenn das stimmt, Hanne, das mit den Vernichtungslagern, dann, dann …«

»Das hat dir Adam erzählt?«

Er nickte, sprach aber nicht weiter. Und meine Angst verbot mir, weiter zu fragen.

Ein schwerer Donner krachte. Helmut zuckte zusammen. Er zog die Schultern hoch, krümmte sich.

Ich legte ihm den Arm um die Schulter. Er ließ es geschehen. Dann spürte ich seine Hand auf meinem Rücken. So saßen wir auf der Kante meines Bettes, lehnten uns aneinander wie vor langer Zeit, als wir fünf oder sechs Jahre alt waren und noch dachten, dass es nur Gutes geben könnte auf dieser Welt.

Jetzt klaffte ein tiefer, dunkler Abgrund vor uns.

9

Allmählich kam Vater zu Kräften, und als endlich die Zwie-
back-Tee-und-Haferschleim-Zeit zu Ende ging und er wieder
feste Nahrung zu sich nehmen und ab und zu ein Bier trinken
konnte, blühte er auf. Die hohlen Wangen rundeten sich, die
tiefen Augenringe verschwanden allmählich. Von Tag zu Tag
ähnelte er mehr dem, der er vorher gewesen war. Äußerlich jedenfalls.

Mutter war froh, machte sich aber Sorgen um Vater. Nachts
könne er oft nicht schlafen, erzählte sie. »Er wälzt sich in seinem
Bett herum. Manchmal steht er auf, läuft durchs Haus. Und
wenn er endlich eingeschlafen ist, redet er wirres Zeug vom
Krieg.«

Tagsüber sprach er so gut wie nie von seinen Kriegserlebnissen. Wenn Helmut und ich ihn danach fragten, wich er aus.
»Kinder, lasst mir Zeit«, sagte er. »Ich muss es erst selber begreifen.«

Dann sahen wir uns wortlos an, mein Bruder und ich, und
ich glaube, wir dachten beide dasselbe: Was weiß unser Vater
von den schlimmen Dingen, die »da hinten in Polen« passiert
sind? Hat er es gesehen? Hat er mitgemacht? Mitmachen müssen? »Ein Held bin ich nie gewesen«, sagte Vater oft. Also auch
kein Held im Dagegensein. Mitgefangen, mitgehangen, sagten
die Leute im Dorf.

51

Bürgermeister Bohnekamp kam. Sie saßen am Küchentisch, tranken Schnaps und redeten.

»Du musst dich melden, Paul«, sagte der Bürgermeister. »Auf der englischen Kommandantur in der Stadt. Wegen der Entnazifizierung. Alle ehemaligen Soldaten müssen da hin. Und du musst dich registrieren lassen. Sonst existierst du nicht. Ohne Nummer kein Mensch. Es muss ja alles wieder seine Ordnung kriegen – die englische Ordnung. Die haben jetzt die Macht.«

Vater hatte noch andere Sorgen. Erst viele Jahre später ist mir klar geworden, in welcher Zwickmühle er damals steckte. Es war Onkel Karls großer Wunsch, dass Vater den Hoffmann'schen Bauernhof übernähme, nachdem Gustav im Krieg geblieben war. Vater aber wollte zurück in die Stadt, zurück in die Buchhandlung, in der er so gern gearbeitet hatte. Aber Vater war, wie wir alle, Onkel Karl und Tante Lina dankbar dafür, dass sie uns über so viele Jahre aufgenommen und viel Gutes für uns getan hatten.

Stadt oder Land – das blieb für uns nun lange in der Schwebe. Onkel Karl redete oft auf Vater ein, beschwor die Vorteile des freien Bauernstandes und der guten Landluft. Die Tradition dürfe nicht abreißen, sagte er, der Hof müsse weiter im Besitz der Familie Hoffmann bleiben.

Ende Juli, es waren Sommerferien, fuhren Vater, Mutter, Helmut und ich mit dem Frühzug in die Stadt. Julia holte uns am Bahnhof ab und wir gingen durch die Stadt zur Aula der Universität, in der die englische Kommandantur untergebracht war.

Beim Gang durch die Stadt wurde mir klar, wie gut es uns auf dem Dorf doch immer noch ging. Vor einem Lebensmittelgeschäft hatte sich eine lange Warteschlange gebildet. Die Gesichter der Menschen waren grau und müde, ihre Kleidung schäbig. Ein Baby sah uns über die Schulter einer Frau mit einem Blick an, aus dem alle Freude ausradiert schien. In der Häuserreihe auf der Straße gegenüber gähnte eine Lücke. Zerbrochene Möbel, ein Küchentisch und Stühle lagen auf dem Schuttberg. Ein Mann in Vaters Alter kam uns entgegen. Auf zwei Krücken gestützt schwang er mit jedem Schritt seinen Beinstumpf nach vorn. Keiner schien ihn zu bemerken. Über der Stadt lag eine Atmosphäre von Gleichgültigkeit und Leere. Als wäre das Leben zum Stillstand gekommen.

Als wir schließlich das Universitätsgebäude betraten, waren wir plötzlich in einer ganz anderen Welt. Säulen in der Vorhalle, Gemälde an den Wänden, die Köpfe berühmter Männer in den Nischen – ein Hin und Her geschäftiger Menschen. Stimmen hallten durch den Raum und von irgendwoher hörte man Schreibmaschinentippen.

Eine Weile blieben wir unschlüssig stehen. Wir hatten keine Ahnung, wohin wir uns wenden sollten. Julia sprach einen Uniformierten an, der mit Aktenordnern unter dem Arm an uns vorbeilief. »Just a moment!«, rief er über die Schulter und weg war er.

Es dauerte aber nicht lange, da kam Adam die Treppe herunter und begrüßte uns alle mit Handschlag. Er führte uns hinauf bis vor das Zimmer, in dem Vater sich melden musste. Auf dem Flur warteten viele Männer. Wir fanden einen freien Platz auf einer Bank und Adam verabschiedete sich.

Wir mussten Geduld haben wie alle anderen.

Mutter spielte nervös mit ihren Fingern. Die Entnazifizierung, so erzählte man sich im Dorf, das sei eben Siegerjustiz. Oft würden Leute für Dinge bestraft, die sie gar nicht getan hätten. Und was Vater im Krieg wirklich gemacht hatte, das wussten wir ja alle nicht.

Endlich wurde Vater aufgerufen und verschwand hinter der schweren Eichentür. Mutter seufzte.

»Keine Angst«, sagte Julia. »Es sind keine Unmenschen.«

»Mädchen«, sagte Mutter. »Du hast gut reden. Wer weiß, was denen alles einfällt. Der Krieg war keine Liebesgeschichte.«

Die Minuten vergingen. Was, wenn Vater belastet war? Verstrickt in irgendwelche Gräueltaten? Würden sie ihn dann gleich hierbehalten, einsperren? Die Ungewissheit machte uns hilflos.

Endlich ging die Tür auf. Vater kam, Erleichterung im Gesicht.

»Paul?« Mutter sprang auf und flog ihm entgegen. Sie fielen sich in die Arme und Vater sagte immer wieder: »Alles in Ordnung, Ida. Ich bin unbelastet, sagen sie, habe nichts zu befürchten. Hier ist mein Entlassungsschein.« Er schwenkte ein Stück Papier, seine Eintrittskarte in ein neues Leben.

Unsere laute Erleichterung passte nicht richtig auf den amtlichen Flur mit den vielen wartenden Männern. Manche sahen zu uns her, als wären sie neidisch. Unsere Freude machte unsere Schritte leichter.

Unten in der Säulenhalle tauchte Adam wieder auf und ließ sich den Ausgang des Gesprächs erzählen. Zum Abschied hauchte er Julia einen Kuss auf die Wange.

Wir verließen das Universitätsgebäude. Draußen auf der Straße sah die Welt nicht anders aus als vorher, und trotzdem schien es auf einmal, als hielte sie vielleicht doch so etwas wie eine Zukunft für uns bereit.

Als Vater dann wenig später über die Schwelle der Buchhandlung in der Kaiser-Wilhelm-Straße 33 trat, den vertrauten Klingelton der Ladentür im Ohr, drängten sich Tränen in seine Augen. Hier hatte er gelernt und lange gearbeitet, hier war er – obwohl nicht dafür vorgesehen, wie er immer sagte – in die Welt der Bücher hineingewachsen, die ihm so viel bedeutete.

Kein Mensch war zu sehen. Nur Buchrücken, Bücherstapel,

Eichenschränke, ein Sofa mit Tisch und Stühlen, ein Lesepult. Die Dielen knarrten unter unseren Füßen.

Im Halbdunkel des hinteren Ladenbereichs tauchte Herr Großkopf auf, ein breitschultriger Mann, Vollbart und Glatze. Als er Vater erkannte, ging er schneller, breitete die Arme aus und drückte Vater an seine Brust.

»Paul! Endlich!«, rief Herr Großkopf. »Endlich bist du da!«

Louise kam, und nachdem sie die gute Nachricht gehört hatte, umarmte auch sie Vater. Die Wiedersehensfreude schwappte schnell auf alle über, und die Bücher ringsum waren – anders als der Flur des Amtsgebäudes – eine angemessene Kulisse für eine kleine Feier. Von irgendwoher zauberte Herr Großkopf, Vaters ehemaliger Chef, eine Flasche Sekt hervor, Louise und die zwei anderen Buchhändlerinnen, Fräulein Brinkmann und Frau Köhler, kamen mit Wassergläsern und Kaffeetassen, und auch der Packer Klawutke, dem drei Finger der rechten Hand fehlten, tauchte aus der Tiefe der verwinkelten Buchhandlung auf. Sie alle begrüßten Vater freudig und redeten, als würde Vater morgen wieder in der Buchhandlung arbeiten.

Die Ladentür klingelte, und Fräulein Brinkmann stand auf, um den Kunden zu bedienen. Kurz darauf kam sie in Begleitung eines alten, über einen Stock gebeugten Mannes zu uns zurück. Professor Sandrock, wie sich herausstellte. Er ging auf Vater zu und drückte ihm die Hand.

»Wie schön, dass Sie wieder da sind, Herr Hoffmann«, sagte er. »Wir haben es überlebt, das Tausendjährige Reich!« Er setzte sich zu uns und trank Sekt aus einer Kaffeetasse.

Die Freude aller war greifbar. Zum ersten Mal sprach Vater von seinen Kriegserlebnissen. Wie stumpfsinnig ihm alles erschienen sei, wie geistlos und hohl. »Kriege sollte man für alle Zeiten polizeilich verbieten«, sagte er.

Herr Großkopf sprach von seinem Einsatz als Volkssturmmann noch kurz vor Kriegsende. »Wir waren das letzte Aufgebot, das den Wahnsinn des Weltkriegsgefreiten verteidigen sollte.«

Während sie so redeten, ging mir durch den Kopf, dass ich noch vor weniger als zwei Jahren Menschen mit solchen Ansichten für gefährliche Volksverräter gehalten hätte.

Schließlich stellte Herr Großkopf die entscheidende Frage: »Wann kommst du wieder, Paul?«

Vater seufzte tief. »Lieber heute als morgen«, sagte er. »Aber es gibt noch so viel zu klären. Versprechen kann ich nichts.«

»Hör zu, Paul«, sagte Herr Großkopf. »Keiner weiß, wie es nun weitergehen wird und ob die Zeit fürs Bücherlesen jemals wiederkommt. Vorerst sind wir alle mit dem bloßen Überleben beschäftigt. Aber eins weiß ich sicher: Ich bin ein alter Knochen, über siebzig, und eigentlich gehöre ich längst aufs Abstellgleis. Wenn es weitergehen soll mit dieser Buchhandlung, dann muss sich hier viel ändern. Ich habe nicht mehr die Kraft dazu, aber ich weiß, dass du der Richtige wärst, der das anpacken kann. Vielleicht schaffe ich es noch ein, zwei Jahre für den Übergang. Überleg es dir, Paul. Wenn alles gut geht, bist du dann an meiner Stelle. Mit den Inhabern habe ich geredet. Wir halten dir den Platz frei. «

Ein erwartungsvolles Schweigen hing im Raum. Alle sahen Vater an, aber Vater hatte die Augen geschlossen und schwieg.

»Wie würde Helene sich freuen«, sagte Louise und alle nickten.

Herr Großkopf seufzte. »Unsere gute alte Helene. Gott hab sie selig.«

Jetzt fanden auch die anderen ihre Sprache wieder, und einer nach dem anderen, auch der Packer Klawutke, erzählte Geschichten über die legendäre »Bücherfrau« Helene Linde. Sie war es gewesen, die Vater für Bücher begeistert hatte. Vor zwei Jahren war sie gestorben, doch bis ins hohe Alter war sie noch täglich in die Buchhandlung gekommen.

Während alle redeten und von alten Zeiten schwärmten, fiel mir auf, dass Mutter still und nachdenklich geworden war. Vor ein paar Tagen erst hatte sie mir verraten: »Weißt du Hanne, nie habe ich mir träumen lassen, einmal Bäuerin auf dem Hoffmann'schen Hof zu werden.«

Als wir wieder im Zug saßen, aus der Stadt rollten und draußen die sommerliche Landschaft vorbeizog, dachte ich, wie seltsam es war, dass unser Vater in einer Zeit, in der so viele Menschen nicht wussten, wie es weitergehen sollte, zwischen zwei Angeboten entscheiden konnte: Bauer oder Buchhändler.

Und Mutter? Und Helmut und ich? Und Tante Lina und Onkel Karl? Wie immer sich Vater entscheiden würde, auch unser Leben hing von seiner Entscheidung ab.

10

Der Herbst kam und über Vaters Entscheidung wurde nicht mehr gesprochen. Aber in allem war sie gegenwärtig: in Mutters besonderem Eifer bei der Arbeit in Haus und Garten, in Onkel Karls demonstrativer Geduld, wenn Vater sich beim Pflügen mit den Ochsen auf dem Feld ungeschickt anstellte, in Tante Linas fast bettelnden Blicken – und zum ersten Mal kam es zu einem Misston, fast zu einem Streit zwischen Mutter und Louise.

Es war an einem Wochenende. Wir saßen in der Küche, Mutter, Louise und ich, pulten Erbsen aus den Schoten, und Louise erzählte von einer Freundin aus der Stadt, die von einem wütenden Bauern mit dem Knüppel vom Feld gejagt worden war, nur weil sie hinter dem Erntewagen hergegangen und ein paar liegen gebliebene Ähren aufgelesen hatte.

»Jeder muss heute sehen, wo er bleibt«, sagte Mutter.

»Aber doch nicht so«, sagte Louise. »Wo kommen wir hin, wenn wir uns von der Not auch noch gegeneinander aufhetzen lassen? Wir sitzen doch alle in einem Boot.«

Mutter warf eine Handvoll Erbsen in die Schüssel und schwieg.

»Dem Bauern kann es doch wirklich nicht viel ausmachen, so ein paar Ähren …«, sagte Louise.

»Wenn ein Feld abgeerntet ist, geht jeder Bauer immer noch einmal mit der Hungerharke hinterher«, erklärte Mutter.

»Mit der Hungerharke?« Louise zog die Augenbrauen hoch. »Das hört sich ja an, als ob die Bauern Hunger leiden würden.«

»Und wenn?« Der gereizte Ton in Mutters Stimme wunderte mich.

»Das kann ich mir nicht vorstellen«, sagte Louise.

»Du kannst dir manches nicht vorstellen, Louise.«

»Ida!?« Erschrocken sah Louise auf. »Ida, was ist los?«

Mutter war den Tränen nahe. »Ihr Stadtleute wollt immer alles besser wissen.«

»Ida … Nein. So meine ich das nicht …« Louise war sprachlos.

»Ach, schon gut«, sagte Mutter. »Vergiss es.«

Louise blieb den ganzen Tag über still und nachdenklich. Nichts war gut. Etwas stand zwischen den beiden Frauen, etwas ganz anderes als der Bauer mit seiner Hungerharke. Stadt und Land – das waren zwei Welten. Unter allem, was Mutter und Louise sagten, verbarg sich unausgesprochen Rivalität. Die Entdeckung tat mir weh.

11

Dass Helmut und Jan Jakumeit, der Flüchtlingsjunge aus Ostpreußen, Freunde würden, das hätte vor einem Jahr niemand,
und am wenigsten Helmut, für möglich gehalten. Fast alle Arbeiten machten Helmut und Jan neuerdings gemeinsam, Stall
misten, Hof fegen, Holz hacken. Fast immer war Erdmann dabei, der es sichtlich genoss, dass die beiden Jungen Leben in sein
Hofhundedasein brachten.

Wie alles im Dorf sprach sich auch die ungewöhnliche
Freundschaft zwischen Jan und Helmut schnell herum.

»Jetzt gibt er sich auch noch mit dem Polacken ab«, hieß es.

Unsere ehemalige BDM-Gruppe – bis auf Elsbeth Deppe alles Mädchen, die ihre Schulzeit schon hinter sich hatten – traf
sich jeden Samstagabend bei Mechthild Möllenkamp, die unsere
Scharführerin gewesen war. Statt »Heimabend« hieß es jetzt
»Spinnstube«. Tatsächlich hatten viele der Mädchen Strickzeug
dabei oder Flickwäsche, aber zum Arbeiten kam kaum eine,
weil die Gespräche über Dorfneuigkeiten, vor allem über die
Fragen, wer mit wem, meistens hitzig und aufgeregt verliefen.
Seit den Sommerwochen waren auch Jungen dabei, Volker Sonnemann, Adolf Neugebauer und Wilhelm Reuter, die ehemals
Aktiven aus der Hitlerjugend.

Nach meinem Gespräch mit Helmut ging ich mit gemischten
Gefühlen zur »Spinnstube«. Auch die anderen, das spürte ich

deutlich, beobachteten mich voll Misstrauen. Ohne dass darüber gesprochen wurde, wussten sie, wusste ich: Ich gehörte nicht mehr dazu, war nur noch aus alter Gewohnheit dabei.

Siggi Hagemann und Armin Kornrumpf waren – im Unterschied zu Helmut – die Helden der Spinnstubengespräche. Demnächst würden sie persönlich erscheinen, kündigte Volker Sonnemann an. Über die beiden wurden die wildesten Geschichten erzählt. Sie seien immer noch führende Köpfe der »Werwolf«-Bewegung, würden den alliierten Siegern Widerstand leisten und eines Tages unser Land von den Besatzern befreien.

Von Helmut sprach in meiner Anwesenheit lange niemand, bis es dann an einem Abend kam, wie es kommen musste. Mechthild Möllenkamp stellte mir ein Ultimatum: »Entweder wir oder deine Verräter-Familie.«

Was da alles hochkam: Helmut sei ein Feigling, ein Judas, ein Überläufer. Meine Freundin aus der Stadt habe sich einem feindlichen Soldaten an den Hals geworfen. Man habe sie gesehen, Arm in Arm in der Stadt. Um des Vorteils willen habe die Familie Hoffmann sich bei den Engländern angebiedert. Nur mit Hilfe dieses englischen Soldaten sei mein Vater entnazifiziert worden.

Es schien mir sinnlos, mich zu wehren. Ich drehte mich um und ging, verließ meine alten Freundinnen und war wütend, traurig und froh zugleich.

Zu Hause erzählte ich nichts, auch Helmut nicht. Elsbeth Deppe versuchte, die Sache herunterzuspielen. Wenn sie mir in der Schule von den Spinnstuben-Abenden erzählte, redete sie so, als fände auch sie das Verhalten der anderen mir gegenüber ungerecht. Aber Elsbeth hatte schon immer gern anderen nach dem Munde geredet.

Dann kam dieser Sonntag im September. Ich war mit Helmut und Jan – Erdmann zwischen uns hin und her wuselnd – in den Wald gegangen, um Holz, Eicheln, Bucheckern und Pilze zu sammeln. Eicheln waren für uns nicht nur Schweinefutter, wir schälten sie, ließen sie im Wasser quellen, auf dem Fensterbrett trocknen und mahlten sie in der Kaffeemühle. Mit dem Eichelmehl backte Tante Lina Brot und Kuchen. Aus Eicheln, auch aus Bucheckern, machten die Frauen Muckefuck, der, wenn man nichts anderes hatte, fast wie Kaffee schmeckte. Und aus den Bucheckern presste Tante Lina auch Öl, das sie zum Kochen nahm.

Wir waren nicht die einzigen Sammler im Wald, und es dauerte seine Zeit, bis sich unsere Beutel füllten. Jan kannte sich mit Pilzen aus und hatte einen Riecher für die Stellen, an denen man Maronen, manchmal auch Steinpilze fand. In den masurischen Wäldern, sagte er, gebe es viel mehr Pilze. Glaubte man Jan, dann war in Masuren alles viel besser als hier.

Ich stellte mir manchmal vor, wie es sein würde, wenn ich mit meiner Familie plötzlich unsere Heimat verlassen und in einem ganz fremden Land – vielleicht an den masurischen Seen – leben müsste. In meiner Vorstellung war dann alles so, wie Jan es erzählte: rauschende Wälder, spiegelglatte, fischreiche, immer sonnenbeschienene Seen, friedliche, zufriedene Menschen, gastfreundlich, hilfsbereit, kein Hass, kein Streit, keine missgünstigen Freundinnen. Ein Land eben, das es nicht gab.

Die beiden Jungen hatten mich in den letzten Wochen mehr und mehr einbezogen, und inzwischen war es fast selbstverständlich, dass wir meistens zu dritt waren. Jan blieb wortkarg, viel reden war seine Sache nicht. Irgendwie spürte ich aber doch, dass er das Leben auf unserem Hof als Ersatz für das Unerreichbare akzeptiert hatte. Muckefuck statt Bohnenkaffee – man musste sich eben einrichten.

Trotz tief hängender Wolken und kaltem Wind waren wir weit in den Wald vorgedrungen. In der Nähe des Dorfes war kaum Bruchholz mehr zu finden, weiter weg, in der Käuzchenkuhle, lag mehr und dort traf man nur selten auf andere Sammler. Im Dämmerlicht des Mischwaldes, in dem engen kleinen Tal, war es ein bisschen gruselig.

Plötzlich bellte Erdmann und preschte durch das aufspritzende Laub auf zwei Gestalten zu, die reglos zwischen hohen Buchen standen. Eine der beiden brüllte wie in Panik, schwenkte einen Knüppel und traf Erdmann am Hinterteil. Der Hund jaulte auf und fletschte die Zähne.

»Pfui, Erdmann, aus!«, schrie Helmut, rannte hinzu und drückte Erdmann am Nacken zu Boden. Der Hund knurrte bedrohlich, blieb aber liegen.

»Das wollte ich dir aber auch geraten haben!«

Erst an der schneidenden Stimme erkannte ich, wer da vor uns stand. Siggi Hagemann und Armin Kornrumpf, Helmuts ehemalige Freunde.

»Ach, ihr …«, brachte Helmut heraus.

»Ja, wir!«, schrie Siggi Hagemann ihn an. »Du Verräter! Du Feigling!« Er baute sich breitbeinig vor Helmut auf, der noch immer am Boden kniete und den knurrenden Erdmann am Halsband hielt.

»Es war falsch«, sagte Helmut viel zu leise. »Was wir gemacht haben, war falsch …«

»Ach ja?«, höhnte Siggi. »Haben sie dir das beigebracht? Und du Muttersöhnchen glaubst es!«

»Ich glaube gar nichts«, sagte Helmut.

»Zum Feind übergelaufen!« Siggi Hagemann brüllte, dass

ihm fast die Augen aus den Höhlen traten. Sein Gesicht war knallrot angelaufen. »Die Ehre des deutschen Volkes hast du in den Dreck gezogen!«

Erdmann schnappte nach ihm.

»Halt den Köter fest!«, schrie Siggi. »Sonst, sonst ...«

»Sonst kann es sein, dass er Blut leckt, und zwar sein eigenes!«, rief Armin Kornrumpf. Er lachte scheppernd und Siggi Hagemann lachte mit ihm.

»Ich habe keinen verraten«, sagte Helmut, aber seine alten Freunde schien das nicht zu interessieren.

»Schleimst dich bei den Feinden ein, machst dich mit dem Polacken gemein!«, sagte Siggi. »Mit unserem Blut haben wir geschworen, Hoffmann. Hast du das vergessen?«

»Ich habe nicht gewusst, dass ...«

»Halt's Maul!«, brüllte ihn Siggi Hagemann nieder. »Mit dir sind wir noch nicht fertig, Hoffmann! Du weißt, was mit Verrätern passiert!«

»Wehe, ihr tut ihm was!«, rief ich außer mir. »Er hat keinen von euch verraten. Auch nicht, als sie ihn verhört haben. Und dass er jetzt anders denkt, ist ...«

»Du bist nicht besser!«, fiel Siggi mir ins Wort. »Auch du hast mal ganz anders geredet, noch gar nicht lange her. Jetzt hängt ihr euer Fähnchen in den Wind. Eure ganze Sippe ist doch so! Weicheier, Vaterlandsverräter!«

»Wehe, ihr tut ihm was!«, rief ich noch einmal.

»Kein Verrat bleibt ungesühnt«, sagte Siggi Hagemann. »Darauf könnt ihr euch verlassen! Was glotzt du so, Polack?«

Jan hatte sich dicht neben Helmut gestellt und starrte die beiden Jungen an. Er antwortete nicht, aber er ballte die Fäuste.

Armin Kornrumpf grinste unerträglich selbstsicher, nickte seinem Kumpan zu, sie drehten sich um und gingen.

»Der Werwolf lebt!«, rief Siggi Hagemann über die Schulter zurück und reckte die Faust.

Erdmann bellte hinter ihnen her. Dann waren sie wie ein Spuk zwischen den Bäumen verschwunden.

Auf dem Rückweg fing es an, in Strömen zu regnen. Als wir zu Hause ankamen, waren wir nass bis auf die Haut.

Es folgte eine dunkle Nacht. Der Mond hatte sich hinter den Wolken versteckt, kein Stern war am Himmel zu sehen.

Ich drehte mich in meinem Bett in alle erprobten Schlaflagen, vergebens. Kein Traum kam, nur ein dumpfes Angstgefühl. Angst um meinen Bruder, Angst vor dem Hass in Siggi Hagemanns Augen. Das alles spukte in meinem Kopf herum und ließ mir keine Ruhe.

Mitten in der Nacht dann der dumpfe Knall. Ich hörte Erdmann aufjaulen und – nach einer kurzen, unheimlichen Stille – Stimmen und Laufschritte, die sich entfernten.

Ich sprang aus dem Bett, riss meine Zimmertür auf. Vor mir rannte Helmut die Treppe hinunter, hinter mir folgten Vater und Onkel Karl.

Auf dem Hof schlugen uns Dunkelheit und Kälte entgegen. Wir tappten durch die schwarze Nacht und konnten nur ahnen, was vor uns war: die Scheune, die alten Schweineställe, die Hundehütte.

Onkel Karl lief ins Haus zurück, aber noch bevor er mit einer Handlaterne auf den Hof zurückkam, schrie Helmut vor Entsetzen auf. Im Licht der Laterne sahen wir es dann alle: Vor dem Scheunentor lag Erdmann in einer Blutlache und rührte sich nicht. Helmut beugte sich über den schwarzen Hundekörper und strich ihm über den Rücken, wieder und wieder, als könne er Erdmann damit ins Leben zurückholen.

Wie aus dem Nichts stand auf einmal Jan neben Helmut und sah mit weit aufgerissenen Augen auf Erdmann hinunter.

Helmut richtete sich auf.

»Siggi? Armin?«, sagte er. »Hast du sie gesehen?«

Jan nickte.

Helmut presste die Augen zusammen. Dann riss er die geballte rechte Faust hoch und schrie in die Dunkelheit hinein: »Das werdet ihr büßen! Das werdet ihr büßen!«

12

Am Montag kam Polizist Rupp zu uns, besah sich die Hundeleiche, sprach mit Onkel Karl, mit Vater, mit Helmut und schließlich auch mit Jan Jakumeit.

Jan sagte dem Polizisten, was er inzwischen auch uns mehrfach erzählt hatte: Er habe Geräusche gehört, sei auf den Hof geschlichen, leider zu spät. Siggi Hagemann und Armin Kornrumpf hätten ihm gedroht, aber als im Haus das Licht anging, seien sie weggelaufen.

»Mit dem Schussapparat haben sie es getan«, sagte Onkel Karl. »Das hat man gehört.«

Einen Schussapparat, mit dem man beim Schlachten die Schweine tötet, hatte Armin Kornrumpfs Vater, der Hausschlachter. Das wussten alle, auch Polizist Rupp.

Siggi Hagemann und Armin Kornrumpf wiesen jede Schuld weit von sich. Wo man denn hingekommen sei, sagte Siggi Hagemann im Verhör, dass man so einem Dahergelaufenen, der nicht mal richtig Deutsch könne, mehr glaube als einem Deutschen. Der Polack wolle doch wahrscheinlich nur seine Landsleute schützen, marodierende Fremdarbeiter, die seit Monaten die Gegend unsicher machten und den Bauern das Vieh aus den Ställen klauten.

Aus Mangel an Beweisen, wahrscheinlicher aber, weil Siggi der Sohn des ehemaligen Ortsbauernführers war, stellte Polizist

Rupp alle weiteren Nachforschungen ein, und so blieb Erdmanns Tod unaufgeklärt.

»Es gibt größere Sorgen«, sagte der Polizist. »Schließlich war es doch nur ein räudiger Köter.«

1947
Brandnacht

13

Das Jahr 1947 begann mit beißender Kälte. Bis in den März hinein schien es, als sei alles Leben unter Eis und Schnee zum Stillstand gekommen. Im Radio hörten wir, dass in den zerbombten Städten, wo man notdürftig zwischen den Trümmern hauste, viele Menschen erfroren waren. Wegen Kohlenmangels fiel der Schulunterricht im Dorf wochenlang aus. Die Winterabende verbrachten wir zumeist bei Kerzenschein, weil der Strom oft ausblieb. An Brennholz musste gespart werden, weshalb wir früh ins Bett gingen. Dann lag ich oft lange wach unter meinem Federbett und grübelte.

Wie würde Vater sich entscheiden? Würden wir zurück in die Stadt gehen? Was sollte dann aus Tante Lina und Onkel Karl werden? Mutter würde gern bleiben, Vater lieber gehen.

Und Helmut? Wir sprachen jetzt oft miteinander wie früher, aber nicht über Adam und die schlimmen Dinge »da hinten in Polen«. Ich hatte Angst, er könnte wieder eine Dummheit ausbrüten, diesmal eine, die sich gegen seine alten Freunde richtete.

Julia fehlte mir, und ich fing an, auf ihren Engländer eifersüchtig zu werden. Im Frühjahr sollte Adam Bennett wieder nach London zurückkehren. Doch in diesen kalten, dunklen Wintertagen voller Ungewissheit und Sorgen konnte ich mir kaum vorstellen, dass es überhaupt je wieder Frühling werden würde.

Im Dorf galten wir nun mehr denn je als Außenseiter und

das ließ man uns an jeder Ecke spüren. Wir waren nur noch ge-
duldet, gehörten nicht mehr richtig dazu. In der Schule saß Helmut neben Jan. Außer Jan gab es noch drei Flüchtlingskinder in
der Schule. Ursula Zingel aus Schlesien war mit Abstand die
Klügste von uns allen, aber das brachte ihr nur den Ruf einer
Besserwisserin ein. Flüchtlinge galten erst mal als Fremde, die
von sonst wo hergekommen waren, um sich hier in die Häuser
und ins Dorfleben zu drängen.

In einer dieser kalten, schlaflosen Nächte hörte ich Geräusche auf dem Flur vor meiner Tür. Schlurfende Schritte, eine
murmelnde Stimme. Ich kroch unter meinem Federbett hervor
und öffnete leise die Tür.

Am Ende des Flurs, vor dem großen Fenster zum Hof, stand
Tante Lina in ihrem langen, weißen Nachthemd, beide Arme
ausgestreckt, und tappte mit den Fingerspitzen an die Scheibe.
»Gustav«, sagte sie mit ganz fremder Stimme. »Gustav, mein
Junge. Hier sind wir. Hier …«

Ich spürte einen Stich in der Herzgegend. Die gute, alte
Tante Lina.

Langsam ging ich zu ihr hinüber. Mir fiel nicht ein, was ich
sagen könnte, also streichelte ich ihren Rücken.

Sie drehte sich nicht um und rief weiter nach ihrem toten
Sohn.

Auf einmal stand – auch im langen Nachthemd – Onkel Karl
neben uns, nickte mir zu und flüsterte: »Schon gut, Hanne.«

Ich wich ein paar Schritte zurück und Onkel Karl legte seiner Frau den Arm um die Schulter und zog sie fest an sich.

»Lina«, sagte er. »Meine Lina.«

Sie sah ihn aus großen Augen an, aber ich war nicht sicher,
ob sie ihn wirklich sah. Immer noch mit dieser fremden Stimme
sagte sie: »Karl. Unser Gustav. Unser Gustav kommt.«

Statt einer Antwort küsste er ihre Stirn. Eine Weile standen sie noch eng beieinander, und Tante Lina zeigte zum Fenster hinaus in das Mondlicht, als würde ihr Sohn da draußen warten.

Schließlich schlurften sie beide in ihr Schlafzimmer zurück. Über die Schulter blickend sagte Onkel Karl: »Alles ist gut, Hanne. Leg dich wieder hin.«

Wieder in meinem Bett grübelte ich noch lange vor mich hin. Was war mit Tante Lina? War sie verwirrt? Mondsüchtig? War sie eine Schlafwandlerin? Oder konnte es sein, dass man sich weigerte, die Wirklichkeit zu akzeptieren, wenn man sich etwas zu sehr wünschte?

Bis heute sehe ich sie noch deutlich vor mir: die beiden Alten eng beieinander. Kein Vorwurf. Keine Ungeduld.

Es stimmt gar nicht, dass Liebespaare immer nur jung sein müssen.

14

In einer anderen Nacht heulten die Sirenen und der erste Gedanke war: Krieg.

Ich sah zum Fenster hinaus. Flackernder Feuerschein hinter den Dächern. Mittendrin der Kirchturm wie ein Unheil verkündender stummer Riese.

Helmut riss die Tür zu meinem Zimmer auf. »Die Russen kommen!«, rief er.

Da war sie wieder, die alte Angst, die Feinde könnten sich fürchterlich rächen. In den letzten Kriegsjahren hatten sie uns das immer wieder eingebläut: Wehe, wenn wir den Krieg verlieren. Der Feind kennt keine Gnade. Doppelt und dreifach wird er uns heimzahlen, was wir ihm angetan haben. Nicht weit von unserem Dorf entfernt war die Grenze zur russisch besetzten Zone. Die Russen, stand in der Zeitung, hätten die meisten Verluste an Menschenleben im Krieg gehabt. Die Grenze werde jetzt immer schärfer bewacht, erzählte man sich. Es sei schon vorgekommen, dass Menschen, die zu uns in die englische Zone fliehen wollten, an der Grenze erschossen worden waren. In der russisch besetzten Zone, so die Gerüchte, passierten schlimme Dinge, und vor den Soldaten dort sei keine Frau sicher.

In der Küche kamen alle zusammen, unsere Familie und die Flüchtlinge, die auf dem Hof lebten. Alle redeten aufgeregt durcheinander. Die Schwestern Matysek murmelten etwas von

Weltuntergang und forderten alle auf zu beten. Der Lehrer Piontek versuchte zu beruhigen. Den Weltuntergang hätten sie im Radio bestimmt angekündigt, sagte er. Auch Jan und seine Eltern waren da. Frau Jakumeit jammerte: »Wo sollen wir denn hin? Wo sollen wir denn noch hin?«

Vater und Onkel Karl stimmten dem Lehrer zu, und Mutter in ihrer resoluten Art sagte, es solle sich keiner in die Hose machen, bevor man nicht wisse, was los sei. Tante Lina sagte nichts. Sie blieb mit Onkel Karl und Mutter im Haus zurück.

Die Kälte biss uns in den Augen. Hasso, der neue Hofhund, jaulte zum Ton der Sirenen. Dick vermummt rannten wir mit anderen vermummten Gestalten bis zur Hauptstraße vor und von dort konnten wir es sehen: Hagemanns Scheune stand in hellen Flammen.

Helmut neben mir blieb abrupt stehen und fuhr sich mit der Hand an den Mund, als müsse er einen Schrei unterdrücken. Er starrte mich an. »Hanne«, sagte er mit zitternder Stimme. »Das ist …«

Auch ich erschrak. Hagemanns Scheune – das war das ehemalige »Hauptquartier«. Auf der Tenne hinten rechts war ein Raum, den der ehemalige Ortsbauernführer Kurt Hagemann im Krieg als Parteizentrale eingerichtet hatte. Hakenkreuzfahnen, ein riesiges Hitlerbild hinter dem Eichenschreibtisch, Aktenordner in zwei Schränken, Bücher, Fotos von Aufmärschen und an der Wand links eine Landkarte, auf der rote Stecknadelköpfe die neuesten deutschen Landeroberungen markierten. Schon lange vor dem Krieg war Hagemanns Scheune Ausgangspunkt für Wehrübungen gewesen, SS-Männer aus dem Landkreis waren hier zu Besprechungen zusammengekommen und zu »Herrenabenden« mit viel Alkohol und lauten Liedern. Und im letzten Kriegsjahr hatte Kurt Hagemann hier die

Gruppe der Hitlerjungen zusammengetrommelt und ausgebildet, zu der auch Helmut gehörte. Die »Werwölfe« sollten den Feind in letzter Minute noch durch Sabotage und Anschläge aufhalten.

Das alles stand jetzt in Flammen. Eine Feuerwehr gab es in unserem Dorf noch nicht wieder. Im Schein des Feuers sah ich Bürgermeister Bohnekamp an der Hofpumpe, die zum Schutz gegen die Kälte mit Stroh umwickelt war. Die mit Wasser gefüllten Eimer und Kübel wurden hastig von Hand zu Hand weitergereicht und vom Letzten in der Kette in die Flammen gekippt. Zum Glück war es windstill, sodass die Gefahr des Übergreifens auf das Wohnhaus gering schien.

Vater und der Lehrer Piontek reihten sich in die Schlange der Löschhelfer ein, Helmut, Jan und ich blieben am Hoftor in der Gruppe der zuschauenden Menschen stehen.

Auf der Steintreppe vor seinem Wohnhaus stand reglos wie eine Statue der ehemalige Ortsbauernführer Kurt Hagemann – die Hand an der Schläfe –, als würde er eine Parade abnehmen. Alle starrten zu ihm hinauf.

»Den hat's erwischt!«, flüsterte jemand hinter mir.

»Der Idiot«, sagte ein anderer. »Der kapiert es nicht.«

»Ach, auf einmal!«, empörte sich Waltrauds Mutter. »Jahrelang seid ihr ihm in den Arsch gekrochen!«

Es kam zu einem Wortgefecht, alle redeten durcheinander.

Plötzlich ein Aufschrei. Aus dem Inferno des Flammenmeers erschien – mit dem Rücken zu uns – ein Mensch, der einen zweiten aus der brennenden Scheune auf den Hof schleifte. Der mutige Retter zog den Körper, aus dessen Kleidung kleine Flammen züngelten, zum nahen schneebedeckten Misthaufen und rollte ihn hin und her. Qualm stieg auf. Jauche und Schmelzwasser löschten die Flammen an der Kleidung des aus dem Feuer gezogenen Menschen. Der Retter schaufelte sich die Hände voll Schnee und rieb sich damit das Gesicht.

Die Reihe der Wasserträger löste sich auf, die Männer liefen über den Hof und umringten die beiden dem Feuer Entkommenen. Der Name des mutigen Retters machte schnell die Runde. Norbert Lange, der Sohn des Schusters aus dem Unterdorf. Hitlerjunge, Flakhelfer in der Stadt, ein viertel Jahr noch Soldat an der Ostfront.

»Der Norbert!«, sagte Waltrauds Mutter. »Ein Held!«

Alle stimmten zu und hatten es schon immer gewusst, dass Norbert Lange das Herz auf dem rechten Fleck hatte.

Wer aber war der Gerettete? Lebte er noch? Und was hatte er in der brennenden Scheune gemacht?

Bürgermeister Bohnekamp umarmte Norbert Lange und klopfte ihm auf die Schulter. Dann ging er quer über den Hof, blieb unter der Steintreppe stehen und rief zu dem immer noch unbeweglich verharrenden Bauernfuhrer hinauf: »Dein Sohn, Kurt! Willst du dich nicht um deinen Sohn kümmern?«

Ein Raunen ging durch die Menschenansammlung. Das kalte Schweigen des Mannes, der jahrelang als Mächtigster im Dorf das Sagen gehabt hatte, war allen unheimlich. Kurt Hagemann löste lediglich die Hand von der Schläfe und streckte den Arm zum Hitlergruß aus. So stand er, als gingen ihn weder seine brennende Scheune noch sein Sohn noch all die aufgeregten Menschen da unten irgendetwas an.

»Du Döskopp!«, rief Bürgermeister Bohnekamp, drehte sich um und ging zum Misthaufen zurück, wo sich inzwischen Dr. Braxler und die weinende Frau Hagemann über Siggis reglosen Körper beugten.

Bevor ich ihn zurückhalten konnte, löste sich Helmut aus der Gruppe der glotzenden Zuschauer und rannte über den Hof zu seinem alten Freund. Im selben Moment ließ ein neuer Aufschrei die Luft erzittern. Die lichterloh brennenden Balken des Dachstuhls senkten sich majestätisch langsam zur Erde und die Scheune samt Hauptquartier stürzte krachend in sich zusammen. Ein Funkenregen ergoss sich über alle, die in der Nähe des Verletzten standen.

In Panik griff ich nach Jan Jakumeits Hand und wir rannten los. Helmut war zum Glück nichts passiert und auch alle anderen waren mit dem Schrecken davongekommen. Ein paar Reste des Lehmfachwerks und ein riesiger, lodernder Gluthaufen waren alles, was von der Scheune übrig geblieben war.

Es dauerte lange, bis ich begriff, dass die Welt nicht untergegangen war. Immer noch stand ich dicht neben Jan. Er lächelte verlegen, als ich meine Hand aus seiner zog.

Helmut, der sich zu Siggi vorgedrängt hatte, kam zurück. »Er lebt«, sagte er außer Atem. »Aber Armin …«

Zwei Männer trugen Siggi Hagemann vom Misthaufen bis vor die Tür des Schweinstalls und legten ihn auf eine Decke. Alle hörten Siggi schreien.

Erst jetzt kam mit Tatütata die Feuerwehr aus dem Nachbardorf. Die Leute wichen zurück und der Spritzenwagen fuhr auf den Hof. Aber sie rollten die Schläuche nicht aus. Der Bach, der durch das Dorf floss, war bis auf den Grund gefroren, und von der Scheune war ohnehin nichts zu retten. Die Männer bildeten wieder eine Kette, schütteten Wasser in die noch züngelnden Flammen an den Rändern, um die Brandstelle zu sichern.

Unter den Feuerwehrleuten war auch unser Patenonkel Heinrich Greve, der Mann von Tante Gertrud, der im Nachbardorf eine Tischlerei betrieb. Tante Gertrud und Onkel Heinrich hatten keine Kinder, und seit Kurzem war ausgemacht, dass Helmut nach seinem Schulabschluss bei Onkel Heinrich in die

Lehre gehen sollte. Unausgesprochen stand auch fest, dass Helmut später einmal die Tischlerei übernehmen würde.

Eine halbe Stunde nach dem Eintreffen der Feuerwehr rollte ein Kastenwagen mit einem großen roten Kreuz auf den Hof. Zwei englische Soldaten und ein Arzt mit einem Medikamentenkoffer stiegen aus. Siggi wurde verarztet und auf einer Trage in den Krankenwagen geschoben. Seine Mutter stieg zu ihm ein und der Wagen fuhr in Richtung Stadt davon.

Noch etwas Bemerkenswertes geschah in dieser Nacht. Als der Brand eingedämmt war und keine Gefahr mehr bestand, ging unser Vater die Steintreppe hinauf und sagte etwas zu dem immer noch wie versteinert dastehenden alten Nazi. Und zur Verwunderung aller lockerte Siggis Vater seine Haltung, wandte sich Vater zu und schließlich umarmten sich die beiden Männer. Mit dem Fuß stieß Kurt Hagemann die schwere Eichentür auf und sie verschwanden im Haus.

Wieder redeten alle durcheinander und wahrscheinlich entstanden neue Gerüchte. Von Onkel Heinrich erfuhren wir, worüber Vater mit uns nie gesprochen hatte: Er und Kurt Hagemann waren in ihrer Kindheit unzertrennliche Freunde gewesen. »Der erste Krieg damals, der hat sie auseinandergebracht«, sagte Onkel Heinrich.

Als wir im Morgengrauen endlich nach Hause gingen, der Lehrer Piontek, Jan Jakumeit, Helmut und ich, sagte keiner ein Wort. Es war schließlich zur Gewissheit geworden: In den glühenden Resten von Hagemanns Scheune hatte man die verkohlte Leiche von Armin Kornrumpf gefunden.

15

Weder Helmut noch ich konnten an Schlaf auch nur denken. Bis es hell wurde, saßen wir auf der Bettkante in meiner kleinen Kammer und redeten.

»Ich glaub es immer noch nicht«, sagte Helmut.

»Was?«

»Was passiert ist. Es ist … es ist, als ob dafür was anderes nicht passieren sollte.«

»Verstehe ich nicht.«

»Hör zu. Nur dir sage ich das jetzt.« Beschwörend sah er mir in die Augen. »Die ganze Zeit habe ich darüber nachgedacht, wie ich Erdmann rächen könnte. Die Scheune anstecken. Das Hauptquartier. Das hätte ich beinahe auch …«

»Und jetzt hat er es selber getan«, sagte ich.

»Du meinst, der alte Hagemann?«

»Sagen jedenfalls alle.«

»Kann sein. Vielleicht«, sagte Helmut. »Aber das mit Armin, das hätte ich nicht gewollt.«

»Der alte Hagemann sicher auch nicht. Aber wenn einer ein Haus ansteckt, ist er auch schuld an allem, was dabei passiert.«

»Armin war gar nicht so«, sagte Helmut. »Ich meine, nicht so überzeugt von allem wie Siggi. Aber er war Siggis Freund. Sein Adjutant. Hat alles gemacht, was Siggi gesagt hat. Wie ich eigentlich …«

Wir schwiegen und jeder hing seinen Gedanken nach. Dann sagte Helmut: »Was meinst du? Warum sind sie noch mal rein?«

»Weiß nicht«, sagte ich. »Wahrscheinlich haben sie was gesucht, was ihnen wichtig war.«

Was könnte das gewesen sein?, dachte ich. Irgendein Papier? Ein Abzeichen? Eine Urkunde? Eine Fahne? Wäre so was das Leben wert gewesen?

»Und wir damals, Hanne?«, sagte Helmut. »Was haben wir da gesucht?«

16

Mitte März erst setzte Tauwetter ein.

»Bevor es mit der Feldbestellung richtig losgeht«, sagte Vater eines Tages, »muss ich noch mal in die Stadt.«

»In die Stadt«, sagte er. Nicht zu wem, nicht wohin. Nach der Brandnacht, nach seinem langen, geheimnisvollen Gespräch mit seinem ehemaligen Freund Kurt Hagemann, das bis weit in den Vormittag gedauert hatte, war Vater schweigsam geworden. Er hatte sich immer noch nicht entschieden, ob Stadt oder Land. Aber sein Ansehen im Dorf war gestiegen. Plötzlich waren alle der Ansicht, Vater sei ja eigentlich doch einer von ihnen. Zweimal kamen Leute zu uns in der Erwartung, Vater könne ihnen Ratschläge geben, wie man sich bei den englischen Behörden, was die Entnazifizierung betraf, ins rechte Licht setzte. Vater war das lästig, und die Sache mit seinem alten Freund war nicht so, wie die Leute dachten.

Mutter, die früher einmal als Schneiderin gearbeitet hatte, war damit beschäftigt, mein Kleid und Helmuts Anzug für die Konfirmation zurechtzustückeln. Tante Lina lag seit Tagen im Bett, Onkel Karl hielt wie immer ausführlich Mittagsschlaf, Helmut war mit Jan unterwegs und ich saß mit Mutter allein in der Küche und half ihr, so gut ich konnte. Es war ein regnerischer Tag, diesig und düster. Nachdem ich mich mehrmals gestochen hatte, passte ich beim Rüschenannähen besser auf und bemerkte deshalb lange nicht, dass Mutter zu arbeiten aufgehört hatte, einfach nur dasaß und in den Regen hinaussah. Als es mir dann doch auffiel, erschrak ich. Mutter hatte Tränen in den Augen.

»Was ist, Mutter?«, fragte ich und strich ihr über den Arm.

»Ach nichts, Hanne«, sagte sie und schüttelte den Kopf.

»Komm. Sag schon. Natürlich ist was.«

Mutter zögerte, aber dann sagte sie leise: »Jetzt ist er bei ihr. Und wer weiß, wie er sich entscheidet.«

Mit offenem Mund starrte ich sie an. »Vater meinst du? Und ... und Louise?«

Sie nickte. »Sie ist immer noch eine schöne Frau«, sagte sie. »Viel schöner als ich. Er hat sie immer bewundert. Und ihre Bücher ...«

»Du meinst, er könnte uns verlassen?« Angst stieg in mir auf. Ein Leben ohne Vater wollte ich mir nicht vorstellen. Wir waren doch so froh, dass er wieder bei uns und zu Kräften gekommen war.

»Louise ist so klug«, sagte Mutter. »Und ich bin so dumm.«

»Bist du überhaupt nicht!«, protestierte ich.

»Und Louise ist so gut. Immer für andere da. Sie hätte Max damals geheiratet, auch wenn er sein Leben lang im Rollstuhl hätte sitzen müssen. So selbstlos ist Louise. So bin ich nicht.«

In meine Angst mischte sich Zorn. »Mama!«, sagte ich. »Jetzt hör aber auf! Du bist so gut zu uns. Die ganzen Jahre hast du für uns gesorgt, als Papa nicht da war. Wir haben dich lieb, alle! Auch Papa. Papa sowieso. Und wenn nicht, dann ... dann ...«

Ich wusste nicht weiter.

Mutter wischte sich die Tränen aus den Augen und eine Spur von Lächeln flog über ihr Gesicht.

»Hanne-Mädchen«, sagte sie. »Ich weiß ja, Papa ist kein

Hallodri. Aber so ein Krieg, der kann einen Menschen verändern.«

Vater kam am Abend mit dem letzten Zug aus der Stadt zurück, einen Packen Bücher unter dem Arm. Er grüßte uns von Louise, auch von Herrn Großkopf, und erzählte, dass vor vielen Geschäften in der Stadt immer noch lange Schlangen stünden und dass die Polizei bei einer Razzia auf dem Schwarzmarkt Leute festgenommen und abtransportiert habe. Kein Wort, das unsere Ängste bestätigt hätte.

Mutter schien beruhigt, und ich hielt mich an das ihr gegebene Versprechen, über unser nachmittägliches Gespräch nicht zu reden.

17

In der Woche vor unserer Konfirmation verließ uns die Familie Jakumeit. Verwandte in einer zweihundert Kilometer entfernten Stadt hatten eine kleine Wohnung für sie gefunden. Es gebe vielleicht sogar Aussicht auf eine Arbeit für Herrn Jakumeit, erzählten sie.

Helmut und ich brachten sie mitsamt ihrem großen Kleiderbündel und zwei Pappkoffern im Bollerwagen durch den Schneeregen zum Dorfbahnhof. Helmut und Jan umarmten sich, und ich war überrascht, wie schwer auch mir der Abschied von Jan fiel. Wir standen voreinander und wussten nicht recht, was wir sagen sollten. Da griff er in seine Hosentasche und zog ein kleines selbstgeschnitztes Pferd aus Weidenholz hervor und hielt es mir hin.

»Für dich«, sagte er mit heiserer Stimme.

Der Augenblick war wieder lebendig, als die brennende Scheune zusammengestürzt war. In Panik hatte ich Jans Hand gegriffen und so waren wir über Hagemanns Hof gelaufen. Ein Augenblick nur war das gewesen. Aber jetzt hatte ich auf einmal das Gefühl, als sei Jan schon immer mein guter Freund gewesen, als würde er zu mir gehören. Ich konnte nicht anders. Ich umarmte ihn und drückte ihm einen Kuss auf die Wange.

»Danke. Und pass auf dich auf«, sagte ich.

Er nickte.

Der Zug hielt mit quietschenden Bremsen. Eingehüllt in den Qualm der Lokomotive stiegen die Jakumeits ein und wir schoben Koffer und Kleiderbündel hinterher. In seinem ostpreußischen Singsang wiederholte Herr Jakumeit seine Dankeshymnen, die er schon beim Abschied auf dem Hof gehalten hatte. Die Türen schlugen zu, ein letztes Winken, und dann rollten sie aus unserem Leben davon. Wir haben sie nie wiedergesehen.

»Schade«, sagte Helmut auf dem Rückweg. »Jan war in Ordnung.«

Etwas saß mir in der Kehle. Ich drehte das kleine Holzpferd zwischen den Fingern.

»Dich hat er auch gemocht«, sagte Helmut und grinste. »Wer weiß, was noch alles passiert wäre.«

Wer weiß.

18

Die Konfirmandenprüfung war die erste Prüfung in meinem Leben und ich war aufgeregt. Die Kirche war so voll wie bei normalen Gottesdiensten selten. Auf den Kirchenbänken saßen die Erwachsenen aus drei Dörfern, neugierig zu hören, wer beim Aufsagen des Gelernten stecken bleiben würde.

Im Winter war der Konfirmandenunterricht wegen Kohlenmangels meistens ausgefallen, im Sommer war Pastor Lorenz oft krank gewesen, und wenn der Unterricht im großen Pfarrhaus dann doch einmal stattgefunden hatte, war selten an ernsthaftes Lernen zu denken gewesen. Viele Jungen hatten nur Blödsinn im Kopf, schossen mit Pusterohren aus ausgehöhlten Holunderzweigen Papierkugeln oder Erbsen auf uns Mädchen oder trieben anderen Unsinn. Gelernt hatten wir so gut wie nichts.

Der Pastor hatte uns jedoch präpariert, und jeder wusste vorher, was er gefragt werden würde. Ich war auf das vierte Gebot vorbereitet samt der Erklärung aus dem *Kleinen Katechismus des Doktor Martin Luther*. Aber der Pastor machte einen verhängnisvollen Fehler und fragte mich nach dem sechsten Gebot.

Ich zögerte. Das Blut schoss mir in den Kopf. Das sechste Gebot war irgendwie nicht jugendfrei, und nachdem die Jungen immer wieder anzügliche Witze darüber gemacht hatten, hatte Pastor Lorenz es vermieden, weiter darauf einzugehen. Zum Glück hatte ich mir am Abend vorher noch einmal alle Gebote eingebimst, und bevor der Pastor sich korrigieren konnte, spulte ich es ab:

»Das sechste Gebot. Du sollst nicht ehebrechen. Was ist das? Wir sollen Gott fürchten und lieben, dass wir keusch und züchtig leben in Worten und Werken und ein jeglicher sein Gemahl lieben und ehren.«

Die Jungen kicherten.

»Sehr gut, Hanne«, lobte der Pastor und versuchte, mit strengem Blick auf die Jungen wieder für Ernsthaftigkeit zu sorgen.

Nach dem Gottesdienst kam Pastor Lorenz zu mir und entschuldigte sich. Er habe sich mit den Geboten vertan. Umso höher rechne er mir an, dass ich fehlerfrei geantwortet habe. Durch die Prüfung gefallen war aber sowieso niemand, nicht mal Elsbeth Deppe, die den Gesangbuchvers *Mein Schöpfer steh mir bei* nur stockend und mit viel Hilfe vom Pastor hersagen konnte.

Eine Woche später war Konfirmation. »Das Ende der Kindheit«, sagten die Erwachsenen. »Jetzt fängt der Ernst des Lebens an.« Das klang bedrohlich. Ab jetzt würde einem keiner mehr was vorsagen. Ab jetzt musste man selber entscheiden, was richtig und was falsch war.

Dabei waren wir noch reichlich albern. Als wir vor dem Altar knieten, der Pastor uns die Hände auflegte und dabei unsere Namen mit allen Patennamen dazu herunterleierte – Wenzeslaus, Ladislaus, Klodwig, Hortensia, Hildegunde, Rosalinde –, konnte kaum einer das Lachen unterdrücken. In seiner Predigt sagte der Pastor, wir wären jetzt aufgenommen in die Gemeinschaft der Christen. Mutter hatte ganze Arbeit geleistet. Helmuts dunklem Anzug sah man nicht an, dass er die abgeänderte Version von Vaters Hochzeitsanzug war, und auch mein Rüschenkleid mit dem weißen Kragen, das einmal Mutter gehört hatte, saß tadellos. Dass meine Schuhe und Helmuts Fliege nur geborgt waren, konnte schließlich keiner sehen. Auf dem Konfirmationsfoto vor der Kirche sahen wir, Myrthensträuße an den Kleidern und Anzügen, jedenfalls nicht schlecht aus. Von der Notzeit und vom »Ernst des Lebens« war darauf nicht viel zu sehen.

Das Festmahl fand am ausgezogenen Tisch in der »guten Stube« statt, die sonst nur zu Weihnachten und zu Ostern benutzt wurde. Bevor Mutter und die jüngere Matysek-Schwester das Essen auftrugen, hielt unser Patenonkel Heinrich Greve eine Rede, die alle zu Tränen rührte.

»Ein Wunder«, sagte er, »dass wir uns in so ungewisser Zeit nach diesem schrecklichen Krieg hier zusammengefunden haben, dass auch du, lieber Schwager Paul, wieder unversehrt unter uns bist und dass wir heute voller Hoffnung das Fest der Konfirmation feiern und unsere Zwillinge Hanne und Helmut sozusagen aus der elterlichen Obhut ins Leben entlassen …«

Onkel Karl nickte still vor sich hin, der eine oder andere schnäuzte sich, und als Onkel Heinrich sich warmgeredet hatte und kein Ende mehr fand, stupste ihm Tante Gertrud den Zeigefinger in die Rippen. Onkel Heinrich räusperte sich, sagte aber noch, wie sehr er sich darauf freue, dass Helmut nun bei ihm das ehrbare Handwerk des Tischlers erlernen wolle. »Und Hanne«, sagte er, »unsere Hanne, die will ja nun noch klüger werden, als sie schon ist, und auf die Stadtschule gehen. Den jungen Menschen gehört die Zukunft. Hoffen wir, dass sie besser wird, als alles, was hinter uns liegt.«

Beifall wurde geklatscht, wir prosteten Onkel Heinrich und allen anderen zu, Helmut und ich zum ersten Mal mit Rheinwein pur, den wir sonst nur ausnahmsweise, und dann mit Wasser vermischt, bekommen hatten.

Es gab Kaninchenbraten, dazu eingemachte Erbsen und Möhren und Schwarzwurzeln. Nach dem Essen gingen wir die Treppe hinauf zu Tante Lina, die im Bett lag, uns aber unbedingt gratulieren wollte. Im Zimmer roch es scharf nach Olbas, Tante Linas Hausmittel gegen große und kleine Leiden. Halb aufgerichtet saß sie gegen ihren weißen Kissenberg gelehnt und lächelte uns entgegen.

»Kinder«, sagte sie mit schwacher Stimme. »Nun seid ihr erwachsen.« Es kostete sie große Anstrengung, die oberste Schublade ihres Nachttischs aufzuziehen. Darin lagen die Geschenke für uns: für Helmut eine goldene Taschenuhr, für mich eine ovale Brosche, ein zart-weißer Frauenkopf, umrahmt von einem Blumenkranz. Die Uhr hatte ihrem Vater gehört, die Brosche ihrer Mutter.

»Das soll in unserer Familie bleiben«, sagte Tante Lina.

Ich beugte mich über sie, tauchte in ihren Alte-Leute-Geruch ein und küsste sie auf die runzelige Wange.

Außer den Büchern von Louise bekamen wir Geld geschenkt, zusammen 700,- Reichsmark »zum Start ins Erwachsenenleben«. Aber das Geld war nicht viel wert und außerdem gab es kaum etwas zu kaufen.

Patenonkel Heinrich hatte mir ein Bettgestell gezimmert, weil ich demnächst bei Julia und Louise in der Stadt wohnen sollte.

Hilde Kannegießer, Mutters Schwester, unsere zweite Patin, hatte Helmut und mir Wollsocken gestrickt und sich wortreich entschuldigt, dass es zu mehr nicht gereicht habe. Wie immer, wenn sie mit Louise und Julia, »mit denen aus der Stadt«, in einem Raum war, hatte ich das Gefühl, dass sie sich hinter dem breiten Rücken ihres Mannes Otto versteckte.

Ich hatte die Befürchtung gehabt, dass es während der langen

Zeit des Zusammensitzens am Nachmittag und Abend zwischen Mutters und Vaters Verwandtschaft, zwischen Stadt- und Landleuten, zäh werden und vielleicht sogar Streit geben könnte. Aber es kam dann ganz anders. Es war die erste Familienfeier nach dem Krieg und über uns allen lag unausgesprochen die Erleichterung: Wir leben noch, der Krieg ist aus und vielleicht geht das Leben ja trotz allem weiter.

Julia gelang es sogar, Tante Hilde zum Lachen zu bringen. Louise unterhielt sich angeregt mit dem Lehrer Piontek aus Dresden, und, was ich noch nie erlebt hatte, die Schwestern Matysek sangen schlesische Volkslieder. Onkel Karl, eingehüllt in eine Wolke aus Zigarrenqualm, war der ausgleichende, Ruhe verströmende Mittelpunkt, Onkel Heinrich und Tante Gertrud erzählten Geschichten von früher, und unsere Eltern waren fröhlich und liebevoll zueinander.

Die Feier dauerte bis weit nach Mitternacht, und als ich schließlich neben Julia in meinem Bett lag, war ich viel zu müde, um sie nach dem zu fragen, was ich schon lange wissen wollte: wie das nun mit ihrem Adam war, ob sie sich Briefe schrieben, und wie es weitergehen würde mit ihnen, jetzt, wo er doch wieder in England war ...

19

Dann war es so weit. Meine Eltern und unser Dorfschullehrer hatten es in die Wege geleitet, dass ich ab dem neuen Schuljahr die neunte Klasse der Mädchenmittelschule in der Stadt besuchen konnte.

Halb freute ich mich, halb hatte ich Bauchgrimmen. Zur Hälfte war ich wie Vater, der sich nach der Stadt und den Büchern sehnte, zur Hälfte wie Mutter, die sich mehr im Dorf zu Hause fühlte. Die Erinnerung an meine ersten Lebensjahre in der Stadt war verblasst, aber so viel wusste ich noch: In der Stadt war manches anders und als eine vom Dorf konnte man schnell zum Opfer von Spott werden.

Mein Einzug bei Louise und Julia in ihre kleine Wohnung in der Torstraße sorgte dann auch gleich für ein peinliches Spektakel. Das Bettgestell samt Federbett hatten wir auf einen Leiterwagen gepackt und Patenonkel Heinrich, Tante Gertrud, Mutter, Helmut und ich hatten uns von dem alten Kutschgaul Melchior in die Stadt ziehen lassen. Ein seltenes Schauspiel, fanden die Leute im Viertel, in dem viele Studierte lebten. Einige blieben stehen, beobachteten und kommentierten unsere ungeschickten Versuche, das Bett durch die enge Haustür des Altbaus zu befördern. Ein weißhaariger alter Mann murmelte im ironischen Ton etwas vom »Einzug der Königin von Saba und ihrem Hofstaat«. Ein paar Leute lachten.

Vielleicht war ich zu empfindlich, vielleicht hatte ich mir falsche Vorstellungen gemacht – die ersten Tage in der Stadt waren eine Enttäuschung für mich. Louise war freundlich wie immer, aber oft weg. Wenn sie von der Arbeit in der Buchhandlung und vom Schlangestehen vor den Geschäften nach Hause kam, war sie müde und abgespannt, da wollte ich ihr nicht auch noch mit meinen kleinen Heimwehschmerzen zur Last fallen.

Auch Julia war tagsüber oft in ihrer Universität und ich war allein in der Wohnung. Einmal ging ich am Nachmittag durch die Stadt. Alles war so anders, als ich es in Erinnerung hatte. In dem Haus, in dem wir früher gewohnt hatten, lebten jetzt andere Leute. Der kleine Vorgarten, in dem Mutter Gemüsebeete angelegt hatte, war verwildert. Auch das Vogelhaus im Nussbaum, in dem ich von unserem Küchenfenster aus Meisen, Rotkehlchen und Spatzen beobachtet hatte, war nicht mehr da. Eine Weile stand ich unten und sah zu den Fenstern unseres ehemaligen Zuhauses hinauf. Wie lange das her war.

Die Schule war eine noch größere Enttäuschung. Ein lang gestrecktes, graues Gebäude, ein Teil davon Baustelle. Fremd, verschlossen, abweisend.

In unserer Dorfschule hatten wir von der ersten bis zur achten Klasse in einem Raum gesessen, es gab einen einzigen Lehrer für alle. Während er den einen Jahrgang unterrichtete, mussten alle anderen schriftliche Aufgaben erledigen. Vieles hatte ich nebenher beim Zuhören gelernt. Was für die Älteren bestimmt war, fand ich oft viel interessanter. Hier war alles anders. Jedes Fach wurde von einem anderen Lehrer unterrichtet, jede Klasse hatte ihren eigenen Raum.

Ich kam in die 9b der Mädchenmittelschule. Klassenlehrerin war Fräulein Rakebrandt, eine spindeldürre Dame von undefinierbarem Alter mit graubraunem Haardutt und einer ständig nach unten rutschenden Hornbrille. Als sie mich der Klasse vorstellte, sagte sie: »Hanne kommt von einem Bauernhof und kann uns sicher viel von Ackerbau und Viehzucht berichten.«

Die Mädchen unterdrückten kaum ihr Kichern und Fräulein Rakebrandt lächelte spitz. »Setz dich neben Erika«, sagte sie, »und lass dir den Stundenplan geben.«

Der Stundenplan war reine Theorie. Beinahe die Hälfte aller Stunden fielen aus. Viele Lehrer waren im Krieg gefallen oder noch in Gefangenschaft. Die Aushilfslehrer, die wir hatten, waren oft längst pensioniert. Ein richtiges Heft bekam man wegen Papiermangels nur für die Klassenarbeiten. In ein sauberes Heft zu schreiben – das kannte ich auch von der Dorfschule – hatte etwas Feierliches. Der Unterricht bestand hauptsächlich darin, dass die Lehrer die Tafel vollschrieben. Um mir das Wichtigste zu merken, machte ich mir mit Bleistift Notizen an den Rand alter Zeitungen.

Die vielen Freistunden verbrachten wir in einem verwilderten Park mit kleinem Schwanenteich in der Mitte, der dem Schulgelände gegenüberlag. Dort trafen sich die Mädchencliquen mit den Jungen der Oberschule von der anderen Seite des Parks. Sie übten sich im Rauchen und in anderen verbotenen Sachen, hatten ihre Geheimnisse, tuschelten und ließen sich nicht in die Karten gucken.

Ich gehörte lange zu keiner Clique. Die Stimmen der anderen, ihr Lachen und Rufen im Rücken, stand ich oft allein vor den Filmplakaten des gerade wieder neu eröffneten Kinos am Rande des Parks und träumte mich in die Welt der grell bunten Bilder. Der halbnackte Johnny Weissmüller als Tarzan. Hildegard Knef, Marlene Dietrich, Ava Gardner, Carry Grant. Gern hätte ich mich ins Kino geflüchtet. Aber allein wagte ich es nicht. Also blieb es bei Träumereien. Manchmal kam die dicke Dorothee, die niemand dabeihaben wollte, hinter mir her. Wir setzten uns auf die Bank vor dem Schwanenteich und spielten Schiffe versenken. Ein paar Jungen fanden es witzig, sich von hinten anzuschleichen und uns ihren Zigarettenqualm in die Haare zu pusten.

Englischunterricht hatte ich in der Dorfschule nie gehabt und musste nachholen, was die anderen in vier Jahren gelernt hatten. Neue Schulbücher gab es noch lange keine. Wir lernten hauptsächlich aus Büchern, die vor 1933 in Gebrauch gewesen waren. Nationalsozialistische Schulbücher waren verboten. Die von vielen Schülern schief gelesenen Bücher wurden von Jahrgang zu Jahrgang weitergegeben. Ein Englischbuch hatte ich nicht abbekommen. Zu meiner Überraschung überließ mir meine Banknachbarin bereitwillig das ihre.

»Kannst du haben«, sagte Erika. »Ich will das sowieso nicht lernen.«

Und auf meinen verwunderten Blick sagte sie: »Die wollen uns doch nur unterjochen, die Engländer und Amerikaner.«

Wie sie das meinte, bekam ich dann im Unterricht mit. Unser Lehrer, Herr Duve, Mitte fünfzig ungefähr, war begeistert von der englischen Sprache. Einen großen Teil der Stunde sprach er Englisch und ich verstand kein Wort. Und wenn er dann ins Deutsche wechselte, sprach er genauso begeistert von der Demokratie, die wir in Deutschland nun auch lernen müssten. »Mitreden, mitgestalten, mitbestimmen«, sagte Herr Duve. »Demokratie ist die Staatsform freier Menschen!«

Erika widersprach. »Das mit der Demokratie«, sagte sie, »das ist ja schon mal danebengegangen. Und wie soll das gehen, wenn jeder seinen Senf dazugeben darf? Nur Chaos, nichts als Chaos.«

Das sei eben eine Frage der Reife, sagte Herr Duve. »Demokratie lässt sich lernen.«

Zu lernen gab es für mich eine Menge, nicht nur, was die Schulfächer anging. Einfach war es nicht, die fremd gewordene, verwirrende Stadtwelt zu durchschauen, zu erkennen, was ernst gemeint, was wichtig war und was nicht. Ohne Julia hätte ich es nie geschafft. Sie erwies sich wirklich als meine beste Freundin und ich verdanke ihr viel.

Als Julia merkte, wie schwer mir alles fiel, nahm sie sich wann immer möglich am Nachmittag oder Abend Zeit und paukte Englisch mit mir. Auch in den anderen Fächern half sie mir auf die Sprünge. Sie war geduldig, und nie hatte ich das Gefühl, dass sie sich über meine Wissenslücken lustig machte wie Fräulein Rakebrandt oder manche meiner Mitschülerinnen.

»Du musst fragen, Hanne«, sagte sie. »Immer wieder fragen. Lass dich bloß nicht einschüchtern.«

Manchmal erzählte sie mir von Adam. Wo sie mit ihm zum Tanzen gewesen war, wo sie spazieren gegangen oder Boot gefahren waren, welchen Film sie zusammen gesehen hatten. Und was sie mir nicht erzählte, das träumte ich mir nachts zusammen.

Manchmal kam ein Brief aus London. Dann verschwand Julia für eine halbe Stunde in ihrem, in unserem Zimmer.

Eines Tages aber kam sie heraus und hatte Tränen in den Augen. Als ich sie erschrocken ansah, versuchte sie, ihre Traurigkeit wegzulachen, was ihr aber nicht gelang.

»Du musst fragen, immer wieder fragen«, gingen mir ihre Worte durch den Kopf. Aber irgendwie spürte ich, dass ich genau das jetzt nicht tun durfte.

20

Manchmal warteten Julia und ihre Mutter samstags vor der Schule auf mich und dann fuhren wir auf unseren Fahrrädern sozusagen auf Hamsterfahrt zu uns nach Haus ins Dorf. Viel gab es auch dort nicht mehr zu holen, die Vorräte vom letzten Schlachtfest gingen zu Ende. Immerhin bot der große Garten im Sommer und Herbst frisches Obst und Gemüse, was in der Stadt selten zu ergattern war. Jeder Apfel war ein Hochgenuss und den Kohlrabi aßen wir mit Schale. An das ständige Hungergefühl hatten wir uns längst gewöhnt, doch viele Träume handelten davon, vor einem gefüllten Teller zu sitzen und sich einmal richtig satt essen zu können.

Wieder zu Hause in meiner Familie zu sein tat mir gut. Auch wenn Julia und ich an den Samstagnachmittagen, manchmal sogar auch am Sonntagmorgen, Vater bei der Feldarbeit helfen mussten – wir waren zusammen und die gemeinsame Arbeit verband uns. Selbst Julia, die körperliche Arbeit nicht gewohnt war, sagte, dass sie froh sei, in dieser Zeit endlich mal »was Richtiges« zu tun. Das sei besser, als immer über den Büchern zu sitzen.

Einmal blieb Hannibal, unser alter Ackergaul, mal wieder mitten auf dem Feld stehen und Julia redete dem störrischen Pferd vergeblich zu. Da sagte Vater: »Na, Mädchen, denkst du immer noch, du tust endlich mal was Richtiges?«

»Ja sicher«, sagte Julia. »Aber ein altes Pferd ist eben kein D-Zug.«

»Und ein Büchermensch kein Bauer«, lachte Vater.

Ich sagte nichts, aber ich dachte: Er hat sich entschieden. Wir ziehen in die Stadt zurück. Fragt sich nur, wann.

Im Haus hatte sich inzwischen einiges verändert. Von den Flüchtlingen war nur noch der Lehrer Piontek da und anstelle der Schwestern Matysek wohnten nun Onkel Oswald und Tante Erna in der Gesindekammer. Sie waren entfernte Verwandte von Mutter, Vertriebene aus den ehemals deutsch besetzten Gebieten in Polen. Lange hatten sie in einem großen Flüchtlingslager gelebt, dann waren sie eines Tages bei uns aufgetaucht. Mutter konnte sich nur schwach an Onkel Oswald erinnern, ein Großneffe irgendwie, Sohn eines Bruders ihres Großvaters mütterlicherseits. Onkel Oswald sagte, er habe in der Provinz Posen eine große Korbmacherei besessen und die Polen, über die er immer nur mit Wut im Bauch sprach, hätten ihm alles genommen. »Ihr seid unsere einzigen und letzten Verwandten«, sagte er, und das hörte sich an, als sei es ganz selbstverständlich unsere Pflicht, alles wiedergutzumachen, was man ihnen angetan hatte.

Tante Erna war eine schweigsame Frau mit strengem Blick, während Onkel Oswald wie ein Wasserfall redete und es verstanden hatte, sich in kurzer Zeit bei fast allen unbeliebt zu machen. Mit dem Lehrer Piontek war er von Anfang an in eine Dauerfehde verwickelt. Onkel Oswald regte sich darüber auf, dass »so ein Hergelaufener«, »ein Fremder« jeden Tag mit am Tisch saß, und es passte ihm auch nicht, dass Julia und Louise sich so benahmen, als gehörten sie zur Familie, dabei seien sie doch gar nicht blutsverwandt.

Onkel Karl wies ihn in aller Form zurecht. Wer in seinem Haus mit am Tisch säße, bestimme er allein, sagte er. »Die Zeiten, in denen man einen Ariernachweis brauchte, sind zum Glück vorbei. Und wem das nicht passt, der kann ja gehen.«

Onkel Oswald murmelte etwas vom »kranken Volkskörper« und wir würden schon sehen, wohin wir mit so viel »Libertinage« kämen. Trotzdem blieb er und setzte sich jeden Tag auch mit den »Nicht-Blutsverwandten« an den Tisch. Wenn er dann wieder zu einer neuen Stichelei ansetzte und ihn meistens der strenge Blick seiner Frau traf, schluckte er seinen Unmut hinunter und schwieg verbissen. Aber in ihm brodelte ein Vulkan.

21

An einem Sonntag im Herbst starb Tante Lina.

Die Morgensonne fiel durch das Fenster, streichelte mein Gesicht und davon wachte ich auf. Wir hatten am Vortag auf dem Feld gearbeitet, das spürte ich in Armen und Beinen. Ich genoss den Augenblick des Nichtstuns und freute mich darauf, dass Julia heute endlich kommen und ein paar Tage bleiben wollte.

Fast lautlos klopfte es an meine Tür, langsam wurde sie aufgezogen. Mutter setzte sich mit verheultem Gesicht auf die Kante meines Bettes und strich mir mit der Hand über die Haare.

»Es ist vorbei«, sagte sie leise. »Tante Lina ist heute Nacht gestorben.«

Arm in Arm gingen wir über den Flur in das Schlafzimmer der alten Leute. Tante Lina lag in ihrem Bett, die Hände über der Decke gefaltet, und sah aus, als ob sie schliefe. Noch konnte ich mir nicht vorstellen, dass sie nicht wieder aufwachen würde. In ihrem Gesicht war wie immer ein Ausdruck von Güte, Wohlwollen und dem Bemühen, es allen recht zu machen.

Onkel Karl saß vornübergebeugt auf einem Stuhl vor ihrem Bett, Vater stand hinter ihm, die Hand auf der Stuhllehne, Helmut neben ihm mit hängenden Schultern. Wir umarmten uns alle schweigend, und dann standen wir einfach nur da, jeder in seine Gedanken versunken. Onkel Karl griff nach meiner Hand, drückte sie fest.

»Sie ist ganz friedlich eingeschlafen«, sagte er.

Das Fenster stand weit offen. Draußen begrüßte Vogelgezwitscher den Sonntagmorgen. Wenn ein Mensch gestorben war, öffnete man das Fenster, damit seine Seele hinausfliegen konnte. Ich wusste, es war Aberglaube, aber irgendwie war ich froh, dass Tante Linas Seele in einen so schönen Tag hineinfliegen würde.

Nach altem Brauch hatten sie die Uhr angehalten, und an diesem Morgen fand auch ich es richtig, dass die Zeit nicht einfach so weitergehen sollte wie immer.

Als die nichtsahnende Julia mit dem Mittagszug aus der Stadt kam, holte ich sie vom Dorfbahnhof ab. Freudig strahlend stieg sie aus dem Zug.

»Post von Adam!«, sprudelte es aus ihr heraus. Aber dann sah sie mir ins Gesicht und erschrak.

»Hanne, was ist?«

In den drei Tagen bis zur Beerdigung ruhte die Feldarbeit. Im Haushalt gab es dafür umso mehr zu tun. Mutter backte drei Platten Zuckerkuchen, obwohl es nur den braunen Rohrzucker gab. In der Nachbarschaft borgten wir Teller, Tassen, Kaffeekannen und Stühle zusammen.

Dann kam der Tag der Beerdigung. Sechs schwarz gekleidete Männer mit Zylindern hoben den Sarg auf den Leichenwagen, und die beiden Pferde von Bauer Rode – schwarze Decken über den Rücken – zogen Tante Lina zum Friedhof. Der lange Trauerzug mit Onkel Karl und meinen Eltern an der Spitze folgte dem Wagen durch das Dorf.

Nach den letzten Worten von Pastor Lorenz und dem gemeinsam gesprochenen Vaterunser traten wir ans Grab und jeder warf eine Handvoll Erde auf den Sarg. Erst die Familie, dann die Trauergäste aus dem Dorf. Alle verharrten einen Moment und blickten schweigend in das Erdloch hinunter. Wenn auch Tante Linas Leib jetzt dort unten in dieser Holzkiste lag – ich spürte, dass etwas von ihr für immer bei mir sein würde.

In langer Reihe stellten sich die Trauergäste zum Kondolieren an, drückten Onkel Karl, dann meinen Eltern, einige auch Helmut und mir die Hand.

Gleich neben Tante Lina lag das Grab von Armin Kornrumpf. Ich hatte ihn nie leiden können, auch nicht in meiner BDM-Zeit. Aber jetzt tat er mir leid. Fast das ganze Leben hätte er noch vor sich gehabt.

Und Siggi Hagemann? Vor ein paar Tagen war ich ihm zufällig im Dorf begegnet. Er trug einen Kapuzenpullover, damit man die Brandmale in seinem Gesicht nicht gleich sah. Er war für sein Leben gezeichnet.

Dass es beim Trauerkaffee in der guten Stube schon bald zu einem heftigen politischen Streit kam und keiner mehr von Tante Lina redete, lag vor allem an Onkel Oswald.

»Das sage ich Ihnen«, übertönte seine hitzige Stimme alle anderen. »Der Russe ist unersättlich. Der schnappt uns den ganzen deutschen Osten weg!«

Lehrer Piontek, der ihm gegenübersaß, entgegnete etwas, so leise aber, dass ich es nicht verstehen konnte.

»Der Amerikaner!«, rief Onkel Oswald. »Gehen Sie mir weg mit dem Amerikaner! Der ist genauso machtgierig. Der schmeißt uns die Bombe auf den Kopf. Die Atombombe! Wie den Japsen. Und der Russe mit seinem unerschöpflichen Menschenmaterial ... Zahn um Zahn, das steht schon in der Bibel! Der Krieg geht weiter, und jetzt noch viel schlimmer als vorher. Der dritte Weltkrieg kommt unausweichlich! Denken Sie an meine Worte!«

Bevor der Lehrer Piontek Luft holen konnte, verkündete Onkel Oswald: »Alles eine Frage der Macht! Um nichts anderes geht es! Glauben Sie bloß nicht, der Ami, der Tommy und die Franzmänner würden uns aus lauter Nächstenliebe helfen. So was gibt es doch gar nicht! Mitmachen sollen wir auf einmal. West gegen Ost. Jetzt haben sie uns einkassiert, jetzt müssen wir mitmachen, ob wir wollen oder nicht. Deutschland liegt am Boden. Aber hier, genau hier, werden die ihren Krieg austragen! Denken Sie an meine Worte!«

Alle sahen inzwischen zum unteren Ende der Tafel und andere Gespräche waren längst verstummt. In die plötzliche Stille hinein sagte Mutter: »Nun hört aber mal auf mit der Politik! Das gehört nicht hierher heute!«

Tante Erna verschoss einen strengen Blick auf ihren Mann. Onkel Oswald pustete die Luft aus den Backen und sagte nur noch leise, wie beschwörend: »Ihr werdet an mich denken! Ihr werdet alle an mich denken!«

Der Lehrer wollte noch etwas sagen, aber Louise, die neben ihm saß, legte kurz die Hand auf seinen Arm, und da verzichtete er auf eine Antwort. In leiserem Ton setzten nun wieder andere Gespräche ein, und nach einer Weile konnte man meinen, Tante Linas friedlicher Geist habe doch noch die Oberhand behalten und die dunklen Schatten vertrieben.

Aber Onkel Oswalds erregte Worte hatten eine Angst in mir aufgewühlt, die sich nicht so leicht vertreiben ließ. Was konnten wir schon tun, wenn sich die Mächtigen der Welt dafür entschieden, weiter Krieg zu führen? Die Wunderwaffe, von der Hitler in den letzten Kriegsjahren ständig gesprochen hatte, die hatten jetzt die Amerikaner. Die Atombombe. In Hiroshima und Nagasaki, sagten viele, hätten sie die nur ausprobiert.

Der Krieg war schon ohne die Atombombe schlimm genug

gewesen. Er hatte Tante Lina und Onkel Karl den Sohn genommen, Julia den Vater, Herrn Piontek die ganze Familie. Wer konnte da noch von einem gerechten Krieg reden?

Am Abend im Bett sprach ich mit Julia darüber.

»Glaubst du, dass es irgendwann einmal eine Zeit ganz ohne Krieg geben wird?«

»Vielleicht«, sagte Julia.

»Aber Onkel Oswald ist sicher, es gibt wieder einen.«

»Onkel Oswald ist ein Wichtigtuer. Dem geht es nur darum, recht zu behalten. Der hat Angst vor dem richtigen Leben.«

»Dem richtigen Leben?«

»Wie soll ich das sagen?« Julia überlegte. »Das richtige Leben? Also, ich meine, das ist, wenn es wehtut. Wenn man mittendrin ist und nicht nur zuguckt.«

»Aber wenn dann irgendein Mächtiger irgendwo entscheidet …«

Julia seufzte. »Möglich ist alles, Hanne«, sagte sie. »Ich weiß auch nicht, was man dagegen tun kann. Ich weiß nur: Besserwissen hilft nicht. Aber es gibt so viele Menschen, Hanne, die anders sind, die aus Liebe zum Leben handeln, und wenn die mehr werden, dann … dann gibt es vielleicht irgendwann keinen Mächtigen mehr, der zum Krieg aufrufen kann.«

Wir schwiegen.

Wenn es doch so wäre, dachte ich. Aber wünschen allein …

»Schläfst du?«, fragte Julia nach einer Weile.

»Nein.«

»Du, Hanne. Ich wollte dir noch etwas erzählen. Adam hat geschrieben. Er hat eine Erbschaft gemacht. Auf einmal hat er eine ganze Menge Geld. Er hat mich eingeladen. Er bezahlt mir den Flug. Stell dir vor, Hanne, nächstes Jahr fliege ich vielleicht nach London!«

22

Zuerst hörten wir es im Radio. Dann sahen wir es in der Wochenschau:

Hand in Hand schreiten sie zum Altar. Das Brautkleid aus elfenbeinfarbigem Satin, zwei Kinder im Schottenrock tragen die lange Schleppe. »Eine Liebesheirat«, betonen die Reporter. »Liebe auf den ersten Blick. Sie kennen sich, seit sie dreizehn war. Dreimal in der Woche hat sie ihm geschrieben, alle Bedenken ihrer Eltern gegen ihn zerstreut.« Sie sehen glücklich aus, märchenhaft glucklich. Ihre Augen leuchten. Könige und Königinnen, Prinzen, Prinzessinnen und Maharadschas aus Indien folgen ihnen durch den langen Gang in der Kirche. Pelze, Roben, blitzende Edelsteine, juwelengeschmückte Turbane. »Die Augen der Welt sind auf das junge Paar gerichtet.« Als sie aus der Kirche kommen, steigen sie in eine gläserne Kutsche ein, die von zwei Schimmeln gezogen wird und eskortiert von federbuschgeschmückten Reitern langsam und feierlich durch die Straßen von London rollt. Zu Tausenden stehen die Menschen an den Rändern und jubeln ihnen zu. »Ganz London«, sagen die Reporter, »strömt nun zum Buckingham Palast und ruft nach dem Brautpaar.« Und da, endlich, zeigen sie sich auf dem Balkon: Prinzessin Elisabeth II und ihr Prinz Philip ...

Zu Julias Geburtstag Ende November hatten wir uns den Kinobesuch erlaubt, Louise, Julia und ich. Mehr noch als der Hauptfilm bewegte uns der Wochenschaubericht über die englische Hochzeit. Dass es in dieser Welt voll Not und Leid und grauem Alltag gleichzeitig etwas so Prächtiges gab, und dazu noch in London, das kam über uns wie ein Fingerzeig des Schicksals. Auf dem Nachhauseweg redeten wir von nichts anderem.

Tagelang blieben mir die Bilder der Hochzeit in London vor Augen. Und auch später verteidigte ich das schöne Gefühl, das sie mir gemacht hatten, gegen alle, die sich an Glanz und Gloria des Königshauses stießen. Ich wollte nichts anderes sehen als ein großes Fest der Liebe. Traum und Wirklichkeit zur gleichen Zeit. Vielleicht half Wünschen ja doch?

23

Vater verkündete seine Entscheidung am Silvesterabend. Wir saßen alle um den Tisch in der guten Stube, die Kerzen am Weihnachtsbaum brannten. Er richtete sich auf und sah in die Runde. Ein großer Redner war Vater nie gewesen, was wohl auch daran lag, dass er in zwei Welten zu Hause war. Dorfmensch und Büchermensch. Innerlich hat er sich nie ganz entschieden, der eine oder der andere zu sein.

»Also«, fing Vater an. »Was soll ich sagen? Ich habe mich nun lange genug als Mistfink versucht. Die Ernte ist eingefahren, besser als erwartet. Außer einer Sense und einem Pflug ist nichts zu Bruch gegangen. Schweine und Kühe sind wohlauf. Was soll ich also sagen? Bauer ist kein schlechter Beruf. Nicht leicht, aber na ja ... Wenn ihr noch ein bisschen Geduld habt mit mir, dann wird das wohl gehen. Wir sind in diesen schlechten Zeiten besser dran als die meisten Menschen. Und damit die Zeiten sich zum Guten wenden, braucht es erst mal den Bauern. Langer Rede kurzer Sinn: Dieser Hof war immer ein Hoffmann'scher Familienhof und das soll nun auch so bleiben ...«

Mutters Augen leuchteten. Onkel Karl stand auf, ging auf Vater zu und die beiden Männer umarmten sich.

»Junge!«, sagte Onkel Karl. »Wenn meine Lina das noch erlebt hätte! Und mein Bruder Walter, dein Vater ... Was hätte der darum gegeben!«

Wir stießen mit dem selbstgemachten Schlehenlikör an, und als sich die Aufregung gelegt hatte und alle wieder auf ihren Plätzen saßen, sagte Vater: »Aber die Bücher, das will ich euch gleich sagen, die Bücher gebe ich nicht auf. Louise hat mir versprochen, mich auf dem Laufenden zu halten und mich mit Nahrung zu versorgen, mit geistiger Nahrung sozusagen. Und gerade jetzt im Winter, in der dunklen Jahreszeit, wenn die Feldarbeit ruht, was kann ein Bauer da Besseres machen als Bücher lesen?«

Herr Piontek pflichtete Vater bei. Er hob sein Glas und prostete ihm zu. »Auf Paul Hoffmann, den ersten Bücherbauern!«

Trotz der traurigen Ereignisse im zurückliegenden Jahr – Tante Linas Tod, die Brandnacht –, trotz Onkel Oswald mit seiner Schwarzmalerei und trotz all dem Bedrohlichen in der Welt mischte sich an diesem Silvesterabend die Hoffnung wie perlender Sekt in unsere Gedanken an die Zukunft. Das kommende Jahr würde besser werden, das wollten wir einfach so. Nicht allein Vaters Entscheidung sprach dafür, nicht nur Mutters und Onkel Karls Freude darüber, nicht nur Julias bevorstehende Reise nach London, für mich sorgte ausgerechnet Helmut an diesem Abend noch für einen Grund zu heimlicher Freude. Wir sahen uns nur noch selten, weil er bei unserem Patenonkel Heinrich im Nachbardorf die Tischlerlehre angefangen hatte und dort auch wohnte.

»Hör mal, Hanne«, sagte Helmut zu mir. »Du kennst doch Eckart Schrader?«

Eckart Schrader? Ich musste überlegen. Dann fiel es mir ein. Ein blonder, nicht schlecht aussehender Junge, der mit uns zum Konfirmandenunterricht gegangen war.

»Sein großer Bruder ist Geselle bei uns«, sagte Helmut. »Eckart kommt manchmal auf den Holzplatz und bringt ihm Stullen.«

»Und?«

»Ich soll dich was fragen von ihm.«

»Was fragen?«

»Ob du seine Tanzstundendame werden willst nächstes Jahr.«

»Tanzstunde? Ich? Wie kommt er denn darauf?«

»Rate mal.«

»Ich kenne ihn doch so gut wie gar nicht.«

»Eckart ist ganz in Ordnung, glaube ich«, sagte Helmut und lächelte vielsagend.

Seltsam. Da war ein Junge, der mich nur gesehen und mit dem ich kaum gesprochen hatte und der vielleicht ...

»Ich weiß nicht«, sagte ich erst einmal. »Über Tanzstunde habe ich noch gar nicht nachgedacht. Hat doch noch Zeit, oder? Gehst du?«

»Wenn du gehst, gehe ich auch. Die Tanzschule Rausch hat gerade aufgemacht. Soll ganz gut sein, erzählen alle. Eckart sagt, wenn du lieber in der Stadt Tanzschule machst, kommt er auch dahin.«

»He, wieso denn?«, sagte ich. »Was findet der denn an mir?«

»Rate mal«, sagte Helmut wieder und grinste.

Als um zwölf Uhr die Glocken vom Kirchturm läuteten, fassten wir uns alle an den Händen.

»Auf ein gutes neues Jahr!«

Ein Krümel Hoffnung machte schon Mut.

1948
Das Tagebuch

24

Meine Freundschaft mit Erika hatte sich zwangsläufig ergeben. Sie war die Erste in der Klasse, die sich für mich interessierte, für die ich nicht nur die »Unschuld vom Lande« war. Erika nahm kein Blatt vor den Mund und durchschaute die Dinge schnell. Sie wusste, dass Martha Lösche, dritte Reihe rechts, ein ernsthaftes Verhältnis mit einem ehemaligen Soldaten hatte, dass Hermine Hankes Mutter sich mit »Liebesdiensten« bei englischen Soldaten Geld verdiente, dass Roswitha Schöneichs Mutter in Onkelehe mit einem von der Sparkasse lebte. So was wusste Erika und erzählte es hinter vorgehaltener Hand weiter. Sie wusste auch, wer von unseren alten Lehrern »noch aufrecht im alten Glauben stand« und wer sich wie der »Schwarmkopf Duve« mit fliegenden Fahnen in den Rachen der Feinde gestürzt hatte.

Mit Erika befreundet zu sein war für mich wie ein Schritt rückwärts. »Die Volksgemeinschaft«, sagte Erika. »Das war doch nichts Schlechtes. Einer für alle, alle für einen. Der Knallkopf Hitler hat alles vermasselt.«

Keine in der Klasse wollte von Politik noch viel wissen und Erika mit ihrem Eifer ging den meisten auf die Nerven. Mir auch. Aber mit der Zeit bewunderte ich sie doch ein bisschen für ihren Mut, mit ihrer Meinung gegen alle zu stehen. »Heuchler und Schlappschwänze, wer sich der neuen Macht anbiedert«, sagte Erika.

Mitte Januar war ich das erste Mal bei ihr zu Hause. Eigentlich wollten wir für die bevorstehende Mathearbeit üben, aber daraus wurde nichts. Es war ein nasskalter Tag, Schmuddelwetter. Auf dem Weg zu ihrer Wohnung mussten wir durch das Bahnhofsviertel, den einzigen Stadtteil, der im Krieg von Bomben getroffen worden war. Nur hier sah es ein bisschen so aus wie auf den Zeitungsbildern, auf denen die Trümmer von Hamburg, Berlin oder Köln zu sehen waren. Erika wohnte in einem grauen Mietshaus am Stadtrand.

Wir gingen die Treppen zum dritten Stock hinauf. An vielen Stellen war der Putz an den Wänden abgebröckelt und die dunklen Stellen auf dem nackten Beton sahen aus wie die Landkarte eines großen Seengebiets. Im Treppenhaus roch es nach Kohlsuppe, hinter einer Tür weinte ein Kind, hinter einer anderen sang eine Frau: »Ein feste Burg ist unser Gott …«

»Die verrückte Lucy«, erklärte Erika grinsend, als sei die Frau so was wie die Attraktion des Hauses.

Im Flur ihrer kleinen Wohnung standen Holzkisten gestapelt. In manchen waren Bruchkohle oder Kartoffeln gelagert. Die Küche wurde von einem grauen Vorhang geteilt. Hinter dem Vorhang hörten wir es schnarchen. Kopfschüttelnd und mit hochgezogenen Augenbrauen deutete Erika in die Richtung der Schnarchgeräusche, erklärte aber nichts. Sie entzündete die Gasflamme am Herd und setzte einen Topf auf die Kochstelle.

»Ich mach uns Suppe warm.«

»Für mich nicht«, sagte ich.

»Ihre Hoheit essen nichts bei armen Leuten«, sagte Erika. »Etepetete, was?«

»Quatsch«, sagte ich. »Ich hab doch schon in der Schule gegessen.«

»Von den Tommys lässt du dich durchfüttern«, sagte Erika

114

halb im Ernst. Sie war die Einzige, die Tag für Tag die Schulspeisung verweigerte, weil die von den Engländern gespendet war.

Natürlich hatte auch ich Hunger, aber ein ekelerregender säuerlicher Geruch in der Wohnung blockierte mein Hungergefühl. In dem großen alten Haus nahe der Innenstadt, in dem ich jetzt lebte, gab es auch keine Reichen. Wie Julia sagte, versteckten die Leute in unserem Viertel – Studierte zumeist – ihre Armut voreinander und taten so, als ginge es ihnen immer noch gut. Hier dagegen sprang einen die Armut auf Schritt und Tritt an.

Erika nahm sich ein Stück Brot aus dem Brotkasten und löffelte ungerührt ihre Suppe, während sich das Schnarchen hinter dem Vorhang in ein Ächzen und Stöhnen verwandelte. Es polterte, etwas schurrte über den Fußboden, ein ausführliches Husten und Räuspern folgte, dann näherten sich stampfende Schritte.

Mit einer Krücke schob der Mann den Vorhang zurück, schwankte ein wenig, fing sich und ließ, vornübergebeugt auf die Krücken gestützt, seine Blicke suchend durch den Raum irren. Ein Gespenst, eine Vogelscheuche, wie Vater es gewesen war, ausgemergelt, hohlwangig, wirres Haar, Stoppelbart.

»Wo ist sie?«, schrie der Mann. »Wo ist die Schlampe?«

Erschrocken sah ich Erika an, aber sie löffelte unbeeindruckt weiter ihre Suppe.

»Reg dich ab«, sagte sie. »Mutter ist organisieren, weißt du doch!«

Der Mann war es offenbar gewohnt, dass Erika so mit ihm sprach. Er tappte zwei Schritte vorwärts, hob eine Krücke und zeigte damit auf mich.

»Wer ist das?«, rief er. »Was macht diese Frau in meiner Wohnung?«

»Das ist Hanne«, sagte Erika. »Eine Freundin. Geht in meine Klasse.«

»Geht in meine Klasse«, äffte der Mann nach. Speichel lief ihm aus dem Mund. »Ich will das nicht, verdammt noch mal! Ich will nicht, dass hier einer rumspioniert!«

»Hier spioniert keiner«, sagte Erika. »Wir wollen für die Schule lernen.«

»Für die Schule lernen«, wiederholte der Mann. »Blödsinn! Spionieren wollt ihr! Ich kenne euch doch!«

Erika antwortete nicht, stand auf, tauchte ihren Teller in den Wassereimer, der neben der Spüle stand, trocknete ihn ab und stellte ihn wieder auf den Tisch.

»Es ist noch Suppe da«, sagte sie beiläufig.

»Suppe, Suppe«, nörgelte der Mann. »Immer nur Suppe! Verdammte Brut! Dafür haben wir die Knochen hingehalten, dafür! Für Suppe, was? Verdammte Suppe!«

Auf seine Krücken gestützt tappte der Mann leicht schwankend um den Tisch herum und ließ sich ächzend auf den Stuhl fallen. Erika schüttete ihm die restliche Suppe aus dem Topf in den Teller. Der Mann beugte sich darüber, nahm den von Erika benutzten Löffel und begann missmutig, die graue Plörre in sich hineinzuschlürfen.

»Wird nichts mit Mathe«, sagte Erika. »Wenn er wach ist, lässt er uns keine Ruhe. Sie zog mich am Arm hoch und zur Küchentür. Vom Flur aus sahen wir noch einmal zurück. Der Mann wischte sich über den Bart und beachtete uns nicht.

»Tut mir leid«, sagte Erika im Treppenhaus. »Sonst schläft er um diese Zeit immer.«

»Dein Vater?«, fragte ich.

Sie nickte. »Der säuft sich um das letzte bisschen Verstand«, sagte sie. »Meinen Bruder hat er schon weggeekelt. Meine Mutter reißt sich Arme und Beine für ihn aus. Bildet sich ein, sie kann ihn wieder hochpäppeln. Aber es wird jeden Tag schlimmer.«

»Was hat er?«

»Rücken kaputt, Beine erfroren, was weiß ich alles. Und vom Saufen ist er fast blind. Versteckt die Schnapspullen unter seinem Bett. Als Mutter sie ihm wegnehmen wollte, hat er sie geschlagen, der Saufkopp.«

»Mensch, Erika. Das tut mir leid.«

»Schon gut. Bloß kein Mitleid. Der ist ein hoffnungsloser Fall.«

»Wie du redest, also ... das könnte ich nicht.«

»Das Letzte, was hilft, ist Gefühlsduselei«, sagte sie. »Dein Vater war auch in Russland, oder?«

»Nur Norwegen. Danach Gefangenschaft, lange.«

»Norwegen«, sagte Erika. »Schlagsahnefront. Da kann er gar nicht mitreden. Die in Russland waren, die haben alle einen Knacks. Die werden nicht wieder.«

»Mein Vater hat genauso ausgesehen wie deiner, als er wiedergekommen ist«, sagte ich.

»Vielleicht hat er ja auch 'nen Schlag weg«, sagte Erika. »Ich meine, nicht äußerlich, sondern hier, im Oberstübchen.« Sie tippte mit dem Zeigefinger gegen ihre Stirn.

»Wie du redest«, sagte ich wieder. »Wenn es diesen blöden Krieg nicht gegeben hätte, dann wäre das doch alles nicht ... Der Krieg ist schuld ... Es dürfte keinen Krieg mehr geben ...«

Inzwischen gingen wir im Nieselregen über den Bürgersteig ihrer Straße. Sie ließ ein hartes Lachen hören.

»Mensch, Hanne«, sagte sie. »Du bist vielleicht naiv! Kriege wird es immer geben. So ist das nun mal. Es gibt Gewinner und es gibt Verlierer. Diesmal sind wir die Verlierer. Hitler hat den

Krieg vermasselt. Damit müssen wir jetzt fertigwerden. Nächstes Mal geht's andersrum.«

Eine Weile liefen wir schweigend nebeneinander her.

»Weißt du, was ich manchmal denke«, sagte ich vorsichtig. »Dass alles falsch war, was wir damals geglaubt haben. Dass das deutsche Volk besser sein soll als irgendein anderes, zum Beispiel ...«

»Ha!«, unterbrach mich Erika. »Genau das wollen sie doch, die Tommys und die Amis. Unseren Glauben sollen wir verlieren. Klein halten wollen die uns, damit sie selber groß sein können. Um die Macht geht es, um nichts anderes. Sie wollen uns umkrempeln, einkassieren. Die Amis noch mehr! Glaub denen doch nicht das Gequatsche von den Segnungen der Demokratie!«

Ich war Erika nicht gewachsen. Das letzte Wort würde immer sie behalten.

»Wohin gehen wir eigentlich?«, fragte ich.

»Gänsemarkt«, sagte Erika. »Muss meiner Mutter sagen, dass der Alte wach ist. Und vielleicht kann ich ihr helfen.«

Auf dem Gänsemarkt, das wusste ich, blühte der Schwarzmarkt. Vor einer Woche hatten sie bei einer Razzia Louise erwischt, als sie ihre goldene Kette gegen etwas Essbares eintauschen wollte. Hundert Reichsmark Strafe musste sie bezahlen. Der Gänsemarkt war eine gefährliche Gegend.

»Ich muss jetzt nach Hause«, sagte ich.

Mit einem Grinsen, als hätte sie von mir nichts anderes erwartet, sah Erika mich an. »Dann bis morgen«, sagte sie.

»Bis morgen«, sagte ich und war froh, allein weitergehen zu können.

25

Was meinem Vater die Bücher bedeuteten, hatte ich lange nicht verstanden. An einem Samstag im Februar fuhr ich das erste Mal ohne Louise und Julia allein mit dem Zug nach Hause. Julia traf sich mit anderen Studentinnen und Studenten zu irgendeiner Feier an der Universität, und Louise sagte, sie habe in der Stadt Wichtiges zu erledigen. Aber sie gab mir ein Buch für Vater mit, ganz neu erschienen, sagte sie, Vater wisse schon Bescheid.

Aus unerfindlichen Gründen blieb die Lokomotive auf halber Strecke zwischen den Feldern stehen. Weil nichts weiter geschah und der Blick in die verregnete Landschaft nichts Aufregendes zu bieten hatte, wickelte ich das Buch aus dem Zeitungspapier und blätterte darin herum.

Es hatte einen komischen Titel. Es hieß *An diesem Dienstag*. Ich stellte mir vor, ich würde aufschreiben, was ich an einem gewöhnlichen Dienstag so alles erlebte. Wen sollte das interessieren? Wer würde so was lesen wollen?

Es waren Erzählungen, Kurzgeschichten, und die erste Erzählung hieß so wie das ganze Buch. Sie handelte von einem Mädchen namens Ulla, die hatte eine ziemlich strenge Lehrerin. Weil sie in einem Satz das Wort *Krieg* mit *ch* geschrieben hatte, sollte sie den Satz als Strafarbeit zu Hause zehn Mal richtig schreiben: *Im Krieg sind alle Väter Soldat.* Zehn Mal, sauber und richtig.

Aber die Geschichte handelte auch von anderen Leuten. Von einem Hauptmann Hesse zum Beispiel. Der war am selben Tag, *an diesem Dienstag,* weit weg in Russland und wurde in ein Lazarett eingeliefert. Zur selben Zeit erhielt seine Frau zu Hause einen Brief von ihm, in dem er ihr stolz berichtete, dass er zum Hauptmann befördert worden sei. Seine Frau freute sich so darüber, dass sie sich zur Feier des Tages die Lippen rot schminkte, am Abend in die Oper ging und sich *Die Zauberflöte* von Mozart anhörte. Sie hatte keine Ahnung, dass zur selben Zeit, weit weg in dem Lazarett in Russland, ihr Mann starb.

Die Geschichte endete damit, dass das Mädchen Ulla am Abend zu Hause brav diesen Satz schreibt: *Im Krieg sind alle Väter Soldat.* Zehn Mal, sauber und ordentlich. *Krieg* mit *g,* nicht mit *ch.*

Als die Lokomotive endlich wieder anruckte und der Zug auf den Schienen weiterrollte, dachte ich: Was wohl jetzt, in diesem Augenblick, irgendwo anders auf der Welt gerade passierte? Und was in der langen Zeit, in der wir von Vater nichts wussten und auf ihn gewartet hatten, bei ihm, weit weg im Krieg, wohl passiert war?

Zu Hause wartete ich einen Moment ab, in dem ich Vater allein erwischte, und gab ihm das Buch. Er bedankte sich und wickelte es mit leuchtenden Augen aus.

»Louise sagt, du hast darauf gewartet«, sagte ich.

Er nickte, blätterte in dem Buch, strich über die Seiten.

»Kriegsgeschichten«, sagte ich. »Du hast doch gesagt, du willst vom Krieg nichts mehr hören.«

Endlich sah er auf. »Ja, das ist auch so, Hanne. Aber wenn es gute Geschichten sind, dann ist das was anderes. In guten Geschichten ist immer was versteckt, was einem beim Nachdenken über sich selbst hilft. Dieser verdammte Krieg, der verfolgt uns, der hat eine Menge Unordnung in uns angerichtet. Da muss jetzt wieder Ordnung geschaffen werden.«

Ich sah ihn an. Äußerlich war nichts mehr von Unordnung an ihm zu erkennen. Aber hatte Erika nicht vielleicht doch recht? Wie es in ihm aussah, wer wusste das?

»Hast du …«, begann ich vorsichtig.

»Ich war Soldat, Hanne«, sagte er. »Ich bin mitmarschiert und habe von Anfang an gewusst, dass dieser Krieg falsch ist. Das ist schlimm genug.«

Er suchte nach Worten. »Ich bin kein Held, weißt du«, sagte er schließlich. »In Norwegen auf der Schreibstube konnte ich mich aus vielem raushalten. Aber vom ersten Tag an habe ich Angst gehabt, dass es mir so gehen könnte wie meinem Bruder Max. Den Mut habe ich nicht gehabt, gegen die Hitlerei aufzustehen. Wir haben uns durchlaviert, Mutter und ich. Nur das Überleben im Kopf. Vielleicht hätten wir strenger sein müssen. Euch Hitlerjugend und BDM verbieten. Aber wir haben Angst gehabt, dass wir euch dann ganz verlieren könnten. Diese verdammte Angst, so viele Jahre lang. Angst bei allem. Ich hab das in mich reingefressen. Wenn man immer und immer wieder tut, tun muss, was man nicht richtig findet, Hanne … das kann einen auffressen.«

Noch nie hatte Vater so mit mir gesprochen. Noch nie war er mir so nah gewesen, seit er wieder zurück war. Ohne nachzudenken, sagte ich: »Erika, ein Mädchen aus meiner Klasse, sagt, alle Soldaten haben im Krieg einen Knacks abgekriegt … also, nicht äußerlich, meint sie.«

Vater überlegte. »Da hat sie wohl recht, deine Erika«, sagte er. »Spurlos geht der Krieg an keinem vorbei.«

»Und solche Kriegsgeschichten«, sagte ich. »Die helfen dagegen?«

Er drehte das Buch in beiden Händen und strich über den Einband. »Nicht irgendwelche Geschichten, Hanne«, sagte er. »Aber solche. Ohne Bücher, ohne gute Geschichten, hätte ich den Krieg, glaube ich, nicht überlebt. Und jetzt, wo er vorbei ist, brauchen wir sie umso mehr.«

26

Die Paukerei hatte sich gelohnt. Dank Julias Hilfe kam ich sogar in Englisch auf eine glatte Drei und wurde zu Ostern in die zehnte Klasse der Mädchenmittelschule versetzt. Als nach den Ferien der Unterricht wieder begann, hätte meine Überraschung nicht größer sein können.

Wie immer wusste Erika schon alles vorher. »Wir kriegen einen neuen Lehrer«, hatte sie gesagt. »Einen Heimatvertriebenen, glaube ich. Die Rakebrandt wird Rektorin. Rektor Krüger haben sie abgesägt, weil er in der Partei war.«

Die Tür ging auf, Fräulein Rakebrandt kam und hinter ihr, den Kopf leicht nach vorn gebeugt, um nicht an den Türrahmen zu stoßen, der neue Lehrer – unser Hausgenosse Leo Piontek!

Ich glaubte, meinen Augen nicht zu trauen. Wahrscheinlich war mein Gesicht puterrot vor Verblüffung. Fräulein Rakebrandt hielt eine kleine Rede, erklärte, dass sich zum Schuljahreswechsel einiges geändert habe. Währenddessen blickte Herr Piontek in die Runde von einer zur anderen, und als sein Blick bei mir ankam, huschte ein Lächeln über sein Gesicht.

Meine Gedanken schlugen Purzelbaum. Ich weiß nicht, warum, aber ich hoffte vom ersten Moment an inständig, dass er an unserer Schule eine gute Figur abgeben, sich nicht provozieren, sich nicht einwickeln lassen würde. So lange hatte er in unserem

Haus gelebt, irgendwie gehörte er doch inzwischen zu unserer Familie.

»Herr Piontek unterrichtet euch ab sofort in Deutsch, Geschichte und Sport«, sagte Fräulein Rakebrandt.

Als sie gegangen war, stellte sich Leo Piontek der Klasse vor, erzählte, dass er geflohen sei wie so viele. Und – ohne mich anzusehen –, dass er froh und dankbar sei, bei guten Leuten Zuflucht gefunden zu haben und nun wieder in seinem Beruf als Lehrer arbeiten zu können.

»Ich freue mich darauf«, sagte er. »Aber ehrlich gesagt, ein bisschen Angst habe ich auch. Es ist so lange her, dass ich vor einer Klasse stand, und so viel ist passiert. Ich werde viel fragen müssen und hoffe, dass ihr Geduld mit mir habt. Es ist schließlich nicht so, dass nur die Schüler von den Lehrern lernen, umgekehrt ist es genauso. In diesem Sinn hoffe ich, dass wir gut miteinander auskommen werden.«

Zu meiner Freude waren die meisten in der Klasse ganz angetan von ihm. Es gab sogar schwärmerische Blicke, als er nach der ersten Stunde aus dem Klassenraum ging. Nach der vierten Stunde entschloss ich mich, den anderen mitzuteilen, dass der neue Lehrer für mich gar nicht neu war. Es brachte mir Pluspunkte ein, dass ich ihn kannte, sogar mehr oder weniger mit ihm verwandt war.

Die noch größere Überraschung an diesem Tag verschaffte mir dann Julia. Ich stürmte zur Küchentür hinein, erzählte ihr die unglaubliche Piontek-Neuigkeit – doch Julia war kein bisschen überrascht. Sie hörte sich alles an, lächelte irgendwie rätselhaft und zog mich dann auf die Eckbank am Küchentisch.

»Hör mal, Hanne«, sagte sie. »Es ist nämlich so: Herr Piontek und meine Mutter, die sind sich nähergekommen. Da ist was passiert, verstehst du? Sie mögen sich. Ist doch gut, oder? Mama hat ihm ein bisschen geholfen, die Stelle zu finden. Es ist Zufall, dass er nun gerade an eurer Schule gelandet ist, auch noch in deiner Klasse. Aber ein schöner Zufall, finde ich.«

Erst war ich sprachlos, dann empört. »Und warum hat mir keiner was davon erzählt?«

»Sie wollten es erst mal für sich behalten«, sagte Julia. »Keiner hat es gewusst. Auch deine Eltern nicht. Und ich weiß es erst seit ein paar Tagen.«

Die Neuigkeit hatte etwas Überwältigendes für mich. Etwas war in mir durcheinandergeraten. »Dass du das so …«, sagte ich. »Es sind doch deine Eltern … Ich meine, was würde denn dein Vater dazu sagen?«

Sie streckte die Arme über den Küchentisch und legt ihre Hände auf meine. »Mein Vater?«, sagte sie. »Ich bin sicher, mein Vater hat immer gewollt, dass es ihr gut geht. Dass sie frei ist. Mein Vater ist tot, Hanne. Und nur meine Mutter kann entscheiden, wie sie jetzt leben möchte.«

»Und er?«, sagte ich. »Der Herr Piontek? Was wisst ihr von ihm?« Auch wenn er so lange in unserem Haus gelebt hatte, über den Menschen Leo Piontek wusste ich eigentlich so gut wie nichts. Von sich aus hatte er nie viel erzählt.

Julia sah mich lange an und schwieg. Dann sagte sie: »Er war an der Ostfront. Hat Schlimmes erlebt. Hat das alles überstanden. Eine Woche nach dem Bombenangriff auf Dresden ist er nach Hause gekommen. Da lag alles in Schutt und Asche. Seine Frau und die beiden Kinder – alle tot. Seine ganze Familie …«

Ich schloss die Augen. Etwas in mir weigerte sich, mir das vorzustellen.

27

Patenonkel Heinrich war großzügig und spendierte Helmut und mir den Anfängerkurs in der Tanzschule Rausch. Er sollte immer am Mittwochabend in der Gastwirtschaft *Zur Erholung* im Nachbardorf stattfinden. Obwohl es für mich umständlich war, am Mittwochnachmittag mit dem Zug ins Dorf zu fahren und am nächsten Morgen mit dem Frühzug in die Stadt zurück, freute ich mich auf die Unterbrechung meines Stadtlebens. Und natürlich war ich neugierig und voller Erwartung auf den Jungen, der sich seit dem Konfirmandenunterricht an mich erinnerte und der unbedingt mein Tanzpartner sein wollte.

In dem düsteren, verstaubten Saal der Gastwirtschaft saßen links in drei Stuhlreihen die Mädchen und rechts die Jungen. Auf einem Tischchen mit roter Decke stand ein Plattenspieler. Unter den Mädchen entdeckte ich Elsbeth Deppe, Gudrun Sonnemann und zu meiner Überraschung auch Mechthild Möllenkamp, unsere ehemalige BDM-Führerin. Unter den Jungen saßen auch ein paar junge Männer, ehemalige Soldaten wahrscheinlich. Das Tanzlehrer-Ehepaar – sie im langen Abendkleid, er im Smoking mit Fliege – bewegte sich schon bei der »zwanglosen Begrüßung« so unnatürlich, als hätte jeder von ihnen einen Stock verschluckt. Während Herr Rausch in seiner offiziellen Begrüßungsrede zu erklären versuchte, warum es gut sei, sich an ein paar Benimmregeln zu halten, wurden die anfangs geflüsterten Gespräche unter den Jungen, ihr Lachen und Feixen immer lauter.

Dann sollten die Jungen die Mädchen auffordern. Kaum war das Stichwort gefallen, sprangen sie auf und stürmten wie eine wild gewordene Herde auf uns Mädchen zu. Eckart Schrader kämpfte sich zu mir durch und schubste dabei einen kleineren Jungen zur Seite, der schon im Begriff war, seinen Diener vor mir zu machen.

Mit Siegerlächeln legte mein Tanzpartner die rechte Hand auf meine Schulter und umklammerte mit seiner feuchten linken meine rechte. In seinem festen Griff fühlte ich mich wie gefangen. Auf Kommando von Ehepaar Rausch bewegten wir uns über die gebohnerten Holzdielen, zwei rechts, einen links, mal als Trockenübung ohne Musik, mal zu den Tönen von Glenn Miller. Eckart Schrader roch nach Schweiß, sagte kein Wort, musterte mich aber unablässig von oben bis unten mit lauerndem Blick.

Meine romantischen Träume fielen schnell in sich zusammen. Er sah längst nicht mehr so gut aus, wie ich ihn in Erinnerung hatte, und alles in mir sträubte sich gegen die erzwungene Nähe.

Nach dem Ende der Tanzstunde wollte ich so schnell wie möglich nach Hause. Ohne mich von Helmut zu verabschieden, der offenbar ganz andere Erfahrungen gemacht hatte, schob ich mich durch die verräucherte Gaststube, vorbei an grölenden Betrunkenen, und als ich endlich vor der Tür erleichtert frische Luft in mich einsog, stand plötzlich Eckart Schrader neben mir und sagte den ersten vollständigen Satz an diesem Abend: »Ich bring dich nach Hause.«

»Nee danke«, sagte ich. »Ich finde den Weg.«

Das ließ er nicht gelten und sagte noch einmal: »Ich bring dich nach Hause!« Es klang wie ein Befehl.

Also trottete er über die Dorfstraße neben mir her. Ein guter Kilometer war es bis zu uns nach Haus, am Waldrand entlang. Und der Mond verschwand immer wieder hinter den Wolken.

Ich versuchte, ihn zum Reden zu bringen, fragte, was er jetzt, nach der Schulzeit, mache und ob er noch mit denen aus dem Konfirmandenunterricht zusammen sei.

Eckart Schrader blieb einsilbig und auf die meisten Fragen antwortete er nur mit einem Schulterzucken. Er wurde mir immer unheimlicher, und ich konnte das Gefühl nicht loswerden, dass er irgendetwas plante. Dann, als wir die spärlichen Lichter der Dorfstraße hinter uns gelassen hatten und auf den dunklen Weg am Waldrand einbogen, legte er seinen Arm um meine Schulter.

Ich schob ihn weg und ging schneller. Aber ehe ich mich's versah, war er wieder neben mir und krallte seine Hand an meinem Arm fest.

Ich drehte mich von ihm weg. »Ich will das nicht, hörst du?«, schrie ich ihn an.

Er grinste. »Natürlich willst du!«, sagte er. Und dann trällerte er den blöden Schlager nach, den wir während der Tanzstunde gehört hatten: »Keine Frau hat etwas gegen Liebe!«

Während ich noch nach einer passenden Antwort suchte, griff er nach mir und schob seine Hand unter meine Bluse.

Ich holte aus und knallte ihm eine, so fest ich nur konnte. Dann drehte ich mich um und rannte, als ginge es um mein Leben.

»Du blöde Zicke!«, schrie er hinter mir her. Aber er ließ mich laufen. Ich rannte und rannte. Die Steintreppe zu unserer Haustür hinauf rannte ich noch immer.

Meine Eltern saßen am Küchentisch. Vater mit einem Buch, Mutter stopfte Strümpfe. Sie wunderten sich, dass ich schon zurück war. Halbwegs zu Atem gekommen, sagte ich: »Ich geh da nicht mehr hin!«

Sie sahen mich fragend an, und da sprudelte es aus mir heraus, die ganze Enttäuschung, die Empörung, die Wut.

»So ein Blödmann!«, rief ich. »Was Helmut sich bloß dabei gedacht hat!«

Vater schüttelte den Kopf, Mutter stand auf, legte das Stopfzeug beiseite und nahm mich in die Arme. »Hanne-Kind«, sagte sie und strich mir über die Haare. »Vergiss den Kerl. Es gibt andere.«

Eigentlich mochte ich es nicht, wenn sie mich »Hanne-Kind« nannte, doch jetzt war ich dankbar, dass sie mich umarmte und dass sie mich verstand. Nein, Tränen kamen mir keine, die war Eckart Schrader nicht wert.

Als ich im Bett lag, drehte sich das Gedankenkarussell wie wild in meinem Kopf. War ich ein hoffnungslos romantisch verkorkstes Mädchen, wie Erika sagte? Ging es zwischen Jungen und Mädchen in Wirklichkeit ganz anders zu, als ich mir das wünschte? War ich zu zimperlich?

Helmut hatte den Abend über mit einem Mädchen getanzt, das ich nicht kannte. Nach allem, was ich zwischendurch beobachten konnte, hatten sie sich ganz gut verstanden. Vielleicht brachte er sie nach Hause und vielleicht …

Irgendwann fielen mir die Augen zu und der Ärger über Helmut und die Wut auf Eckart Schrader verblassten. Ich wollte gerade das Licht ausknipsen, da fiel mein Blick auf das kleine selbst geschnitzte Holzpferd, das Jan Jakomeit mir zum Abschied geschenkt hatte. Ich nahm es vom Nachttisch und drehte es lange in meinen Händen.

Morgen nehme ich es mit, beschloss ich. Es soll für immer nah bei mir sein.

28

Der Lehrer Piontek zog bei uns aus und rückte trotzdem unserer Familie ein Stück näher. Er war nun nicht mehr nur mein Lehrer, sondern gehörte durch die Verbindung zu Louise auf ganz neue Weise zu uns. Wenn Julia mit ihm sprach, nannte sie ihn Leo, und wenn sie über ihn sprach, schwang ihre Bewunderung dafür mit, dass er trotz des schweren Schicksalsschlages nach vorn blickte und es neu mit dem Leben aufnahm. Die Menschen um ihn herum, Louise zuerst, bemühten sich, ihm dabei zu helfen. Nie habe ich gehört, dass jemand in seiner Gegenwart von der Bombennacht in Dresden sprach, aber alle wussten davon und die Gespräche mit Leo Piontek waren manchmal wie ein Tanz auf einer dünnen Eisdecke.

Julia und ich halfen ihm beim Einzug in die kleine Mansardenwohnung in der Wagnerstraße. Saubermachen, Tapezieren, Streichen, Bilderaufhängen. Eine Kommode, einen Tisch und zwei Stühle hatte er vom Hoffmann'schen Bauernhof mitbekommen, auch das Bett aus der Gesindekammer. Ein Bücherregal hatte er sich aus Holzabfällen selbst zusammengezimmert. Als am Abend Louise und das Ehepaar Duve kamen, sah alles schon einigermaßen wohnlich aus.

»Hübsch hast du's, Leo«, sagte Frau Duve und stellte einen Strauß Blumen auf den wackligen Tisch.

»Kein Wunder«, sagte Leo Piontek. »Bei der Hilfe.«

»Hat uns Spaß gemacht, Leo«, sagte Julia und ich nickte.

»So fangen wir also alle wieder an«, sagte Herr Duve. »Klein und bescheiden.«

Leo Piontek drehte sich von uns weg, blickte zum Dachfenster in den dunklen Himmel hinaus, schloss für einen Moment die Augen und schien ganz woanders.

Herr Duve lenkte das Gespräch schnell wieder ins Harmlos-Unverbindliche. »Hast du schon gesehen, Leo«, sagte er. »Unten im Haus wohnt Reinhard Rothemund, zweifacher Stadtmeister im Schach. Der wär dir bestimmt ein besserer Gegner als ich.«

Leo Piontek wandte sich wieder uns zu. »Ich weiß«, sagte er. »Wir haben uns schon verabredet. Nächsten Mittwoch.«

Louise holte Käsebrötchen aus ihrem Korb, für jeden eins, und servierte sie auf einem Suppenteller. Herr Duve öffnete mit Knalleffekt eine Flasche Sekt. Es wurde ein fröhlicher Abend.

So rücksichtsvoll waren sie in der Schule mit Leo Piontek nicht. Die Direktorin Fräulein Rakebrandt bestimmte, dass in allen zehnten Klassen der Mädchenmittelschule ein Buch gelesen werden sollte, das zurzeit in aller Munde war. Wolfgang Borchert, *Draußen vor der Tür*. Ein Heimkehrer-Drama. Es handelte von einem Soldaten, der, ähnlich wie Leo Piontek, aus dem Krieg nach Hause kommt und kein Zuhause mehr vorfindet.

Wir lasen das Buch mit verteilten Rollen in der Deutschstunde. Ich war die Einzige in unserer Klasse, die wusste, wie schmerzhaft für unseren Lehrer dieser Blick zurück in seine eigene Geschichte sein musste. Ein paarmal zuckte es in seinem Gesicht, aber er hielt durch. Und selbst als Erika ihre saublöden und gemeinen Fragen stellte, ließ Leo Piontek sich nicht aus der Fassung bringen.

»Wieso«, fragte Erika, »bringt dieser Heimkehrer, dieser

Beckmann, sich nicht um, wie er das am Anfang doch wollte? Jetzt fällt er anderen Menschen zur Last.«

Die anderen murrten und fanden Erikas Frage daneben. Doch Leo Piontek sagte: »Darüber kann man nachdenken. Vielleicht deshalb, weil seine Sehnsucht nach dem Leben stärker ist als die nach dem Tod.«

»Sehnsucht, Sehnsucht«, sagte Erika. »Was soll denn das heißen? Sehnsucht nach dem Leben als Krüppel? Jetzt müssen die Gesunden für ihn blechen.«

»Du bist bescheuert, Erika!«, empörte sich Roswitha Schöneich.

Und Hermine rief: »Wir sind doch nicht mehr bei den Nazis, du blöde Kuh! Von wegen lebenswert und lebensunwert. Darüber entscheidet ihr nicht mehr, ihr, ihr ...«

Ein kleiner Tumult entstand, und Leo Piontek hatte Mühe, die Ruhe wiederherzustellen. Die Welle der Empörung gegen Erika ebbte nur langsam ab.

»Hört mal her«, sagte Leo Piontek. »Es ist gut, wenn jeder seine Meinung offen sagt. Auch wenn sie noch so verquer ist. Es ist gut, wenn wir streiten. Streit und Widerspruch sind das Salz in der Suppe der Demokratie.«

Erika zog sich in die Schmollecke zurück. Von Demokratie wollte sie nichts hören.

29

Am Abend in unserem gemeinsamen Zimmer – von draußen zuckte das Licht einer defekten Straßenlaterne durchs Fenster herein – sagte ich zu Julia: »Stimmt das? Die Engländer haben die Bomben auf Dresden geworfen?«

Sie zögerte einen Augenblick, dann sagte sie: »Ja.«

Ich richtete mich im Bett auf und sah zu ihr hinüber. Sie hatte die Hände hinter dem Kopf verschränkt und das flackernde Licht der Laterne flog über ihr Gesicht.

»Deine Engländer?«, sagte ich.

»In zwei Angriffswellen«, sagte sie. »Nachts. Lancaster-Bomber. Sie sind geflogen, obwohl sie wussten, dass die Stadt voller Flüchtlinge war.«

»Und zu denen willst du hin?«, rief ich.

»Ja«, sagte sie. »Zu denen will ich hin.«

»Stell dir vor, du begegnest da einem, einem …«

»Einem Bomberpiloten, meinst du?«

»Ja.«

»Stell dir vor, wem Adam in Deutschland alles begegnet ist.«

»Nazis. SS-Leuten, meinst du?«

»Und schlimmer«, sagte Julia.

»Was soll noch schlimmer sein als SS?«

»SS-Leute, die Verbrechen begangen haben. Tausendfache Mörder.«

»Meinst du, die laufen noch frei rum?«

»Keinem kann man das ansehen«, sagte Julia. »Äußerlich sehen die aus wie jedermann. Wie brave Familienväter. Und jeder sagt, er hat nur Befehle ausgeführt. Einer schiebt es auf den anderen. Am Ende will es keiner gewesen sein.«

»Das müsste doch mal aufhören, Julia. Ich meine, dieses Befehlen und Gehorchen.«

»Ja, Hanne«, sagte Julia. »Müsste …«

Gegen Mitternacht gab die defekte Straßenlaterne ihren Geist endgültig auf und es wurde dunkel. Trotzdem konnte ich lange nicht einschlafen.

30

In den Sommerferien war ich wieder zu Hause. In meiner Familie herrschte eine höchst gereizte Stimmung, wie ich es nie vorher erlebt hatte. Schuld daran war Onkel Oswald. Nachdem Leo Piontek, mit dem er in Dauerfehde gelegen hatte, nicht mehr im Haus war, hatte sich Onkel Oswald mit seinen besserwisserischen Ratschlägen ganz auf Vater gestürzt. Vater war vor kurzem in den Gemeinderat gewählt worden, was für Onkel Oswald, wie er sagte, nur »vertane Zeit« bedeutete. »So kommst du doch auf keinen grünen Zweig«, sagte er. Er, Oswald, wisse schließlich Bescheid, er habe einen gut gehenden Betrieb besessen, und wenn ihm die Polen nicht alles weggenommen hätten, wäre er heute ein wohlhabender Mann.

»Wenn du klug bist, hörst du auf meinen Rat«, sagte er.

Aber Vater hatte die Nase voll von Onkel Oswalds Ratschlägen.

Am Sonntag, den 20. Juni, trat die Währungsreform in Kraft. Statt Reichsmark galt nun die D-Mark. Vor der Gemeindeverwaltung standen die Leute Schlange. Jeder bekam 40,- D-Mark Kopfgeld. Und plötzlich, wie von Zauberhand, waren die Läden, selbst unser kleiner Dorfladen, voller Waren, die es bisher nicht gegeben hatte. Wir staunten, und keiner konnte sich erklären, woher die guten Sachen auf einmal gekommen waren. Es gab nun alles ohne Lebensmittelkarten, ohne Bezugsscheine.

Dass Vater als Bauer doch nicht so ungeschickt war, wie Onkel Oswald behauptete, zeigte sich bald. Als Einziger im Dorf hatte er Buschbohnen angebaut, die er nun nach der Währungsreform vorteilhaft verkaufen konnte. Auch 40 Zentner Frühkartoffeln brachten gutes neues Geld ein. Dafür kaufte er vom Müller Apel ein Pferd.

Meine Eltern standen jeden Morgen um fünf Uhr auf, versorgten das Vieh, arbeiteten auf dem Feld und im großen Garten, Mutter im Haus. Onkel Karl hatte sich schon im letzten Jahr immer mehr zurückgezogen. Vater fragte ihn oft um Rat. »Mach mal, Junge«, sagte Onkel Karl dann meistens und sparte nicht an Lob.

Onkel Oswald dagegen fand alles, was Vater entschied, leichtsinnig und falsch, den Pferdekauf sowieso. Ob es einer hören wollte oder nicht, Onkel Oswald erzählte jedem, dass Vater den Hof über kurz oder lang in den Ruin treiben würde, weil er eben doch nur ein »Büchernarr« und kein richtiger Bauer sei.

Helmut und ich nannten Onkel Oswald nur noch »den Unkerich«. Nicht nur Vater war sein Nörgelopfer, auch in allem, was in der großen Politik geschah, fand er sofort ein Haar in der Suppe. Was von den Besatzungsmächten kam, den ehemaligen Feinden, schimpfte er, sei »Lug und Trug«. Der Marshall-Plan, über den man jetzt öfter im Radio hören und in der Zeitung lesen konnte, war für ihn eine Falle, in der wir Deutschen endgültig unsere Selbstständigkeit verlieren würden. Er konnte und wollte sich nicht vorstellen, dass die Sieger irgendetwas taten, das nicht nur ihnen allein nutzte. »Wer so was glaubt, ist ein Traumtänzer und gehört in die Klapsmühle«, sagte Onkel Oswald.

Zu aller Leidwesen erhielt er mit seiner Unkerei bald Oberwasser und niemand wagte, ihm zu widersprechen: Am 26. Juni sperrten die sowjetischen Besatzer der Ostzone die Transitstrecke nach Westberlin, wodurch die Versorgung der drei westlichen Stadtsektoren gefährdet war. Stundenlang saßen wir zusammen vor dem Radio und hörten mit Beklemmung und Sorge die Berichte über die englischen und amerikanischen Flugzeuge, die sogenannten Rosinenbomber, die nun die eingeschlossene Stadt aus der Luft mit dem Nötigsten versorgten. Die »Luftbrücke« war in aller Munde. Es war nun deutlich und nicht mehr zu übersehen: Die Spaltung Deutschlands, die Spaltung der Welt in Ost und West, wurde immer wahrscheinlicher. Was irgendwo weit weg von fremden Menschen entschieden wurde, konnte über unser Leben bestimmen, und Onkel Oswalds Gerede vom bevorstehenden dritten Weltkrieg – mit Atombomben diesmal – ließ sich nicht mehr so einfach von der Hand weisen.

»Jetzt sitzen wir bei den Amis im Boot«, sagte Onkel Oswald. »Und wenn der Russe losschlägt, sind wir das erste Ziel.«

Die Angst war wieder da und legte sich wie ein dunkler Schatten über alles. Was nutzte meinen Eltern alle Plackerei, was nutzten das neue Geld und die Hoffnung auf bessere Zeiten, was nutzte mir die Paukerei in der Schule, wenn irgendjemand weit weg in Amerika oder in Russland auf einen Knopf drücken und dem Leben auf der Erde ein Ende machen würde. So hilflos kam ich mir vor, so ausgeliefert.

»Solange sie Pakete mit Lebensmitteln abwerfen und keine Bomben, ist doch alles gut«, sagte Mutter nach einem besonders dramatischen Bericht über die Luftbrücke.

Aber die tröstlichen Gedanken halfen immer nur für den Augenblick, abends im Bett kamen die schwarzen. Es war nur Zufall und Glück, dass der Krieg unsere Gegend für nicht so wichtig gehalten hatte. Ein dritter Weltkrieg mit Atombomben würde keinen Winkel der Welt verschonen.

Zu Onkel Oswalds Verdruss und zu meiner Freude kam meine Stadtfamilie in der letzten Ferienwoche zu dritt, Julia, Louise und Leo Piontek. Sie kamen zum Ernteeinsatz, ein bisschen aber auch, um sich zu erholen.

Sobald ich mit Julia allein war, wollte ich mit ihr über meine Ängste reden, wollte wissen, was sie zu den dunklen Wolken am Himmel der großen Weltpolitik sagte. Aber Julia hatte ganz andere Sorgen.

Adam hatte geschrieben. Julias Besuch in England, der in vierzehn Tagen hatte stattfinden sollen, musste auf unbestimmte Zeit verschoben werden. Adam hatte sich bemüht, den Flug für Julia von einem englischen Luftwaffenstützpunkt in Deutschland aus zu organisieren. Wegen der Luftbrücke war aber in dieser Zeit an eine Beförderung von Privatpersonen nach London nicht zu denken.

Julia war enttäuscht und gab sich vergeblich Mühe, es zu verbergen.

Ich nahm es als Bestätigung meiner schwarzen Gedanken und ließ mich mal wieder von Onkel Oswalds Weltuntergangsgerede anstecken. Alle anderen schienen guter Laune, plauderten über tausend Nebensächlichkeiten, als sei die Welt in bester Ordnung. Und als dann, pünktlich zum Sonntagskaffee, Helmut seine Freundin Gisela zum ersten Mal mitbrachte und der Familie vorstellte, schien die Stimmung beinahe ausgelassen.

Ich kannte Gisela nur von meinem kurzen und seltsamen Tanzstundenabenteuer, aber wir verstanden uns sofort und ohne viele Worte. Gisela hatte lange schwarze Haare, sie trug eine Brille und schön war sie eigentlich erst auf den zweiten Blick. Ihre Mutter war Arzthelferin, ihr Vater im Krieg gefallen. Sie gab nicht damit an, dass sie zur Oberschule ging, und Eckart Schrader fand sie genauso blöd wie ich.

Natürlich wurde sie am Kaffeetisch ausgefragt. Sie hielt sich gut, fand ich, und über Onkel Oswalds Unkereien lachte sie fröhlich hinweg. Es war für mich ein neues und verwirrendes Gefühl zu sehen, wie mein Bruder und seine Freundin unter dem Tisch heimlich Händchen hielten.

»Wie schön«, sagte Louise, als Gisela und Helmut gegangen waren. »Das Leben geht weiter.«

31

Nach den Ferien gehörte ich endgültig zur Clique von Roswitha Schöneich. Meine beinahe verwandtschaftliche Beziehung zu Leo Piontek, aber auch die Tatsache, dass er im Unterricht peinlich genau darauf achtete, mich nicht zu bevorzugen, hatte meinen Stellenwert in der Klasse erheblich gesteigert. Dagegen ließ Erikas Interesse an mir merklich nach. Zum endgültigen Bruch kam es dann nach der Sache im Park.

In den Freistunden war ich meistens mit Roswitha, Hermine und Ingrid zusammen. Seit einiger Zeit waren uns im Park drei Oberschüler aufgefallen, die sich trotz strengen Verbots immer wieder unter die große Trauerweide auf der kleinen Insel mitten im Teich zurückzogen, rauchten, redeten und ungeniert laut lachten, als könnte ihnen der von allen gefürchtete Parkwächter Krause nichts anhaben. Keine von uns hatte je mit einem der Oberschüler ein Wort gewechselt. Außer spöttischen Blicken aus der Entfernung war da nichts. Ein athletischer Blonder, offenbar der Wortführer der drei, hatte es Roswitha besonders angetan. Was genau wir eigentlich von den Jungen wollten, wusste, glaube ich, keine so richtig.

An diesem Tag kam auch Erika mit uns in den Park. Erika gehörte keiner Clique an, war wenig beliebt, aber ihr grundsätzliches Dagegensein und ihr furchtloses Verhalten gegenüber den Lehrern brachte ihr doch bei manchen in der Klasse Respekt ein. Dass sie gerade heute mitkommen wollte, passte Roswitha nicht, weil sie einen Plan hatte, der eigentlich unter uns bleiben sollte. Aber sobald Erika merkte, dass sie nicht willkommen war, hängte sie sich umso entschlossener an uns.

Erika grinste. »Keine Angst, ich schnappe euch keinen weg.«

Wir konnten sie nicht loswerden, und schließlich taten wir, als wäre sie gar nicht dabei. In geduckter Haltung schlichen wir zum Teichufer und blieben hinter den Sträuchern in Deckung. Die Jungen waren wieder auf der Insel. Der alte Kahn, mit dem sie übergesetzt waren, lag zur Hälfte auf dem schlammigen Inselufer, die andere Hälfte schaukelte gemächlich im Wasser.

Roswithas Coup war gut vorbereitet. Im hohen Gras versteckt lag eine lange Stange mit Blechhaken an der Spitze. Roswitha zog die Schuhe aus, nahm die Stange, tappte zwei, drei Meter in das flache Wasser hinein, hakte die Stange am hinteren Rand des Kahns fest und zog ihn von der Insel weg. Wir – außer Erika – stimmten ein Triumphgeheul an.

Was dann geschah, hatten wir so nicht erwartet. Statt in wütenden Protest zu verfallen, steckten die drei die Köpfe zusammen, prusteten los und hielten sich die Bäuche vor Lachen.

Unser Triumphgeheul verebbte. Was wir sahen, verschlug uns die Sprache. Einer der drei, der Unscheinbarste eigentlich, braune Haare, Sommersprossen, fing an, sich auszuziehen. Schuhe, Hemd, Hose, Unterhose. Splitternackt stand er da, hechtete ins Wasser und mit ein paar kräftigen Kraulzügen war er beim Kahn in unserer Nähe und tauchte aus dem Wasser auf. Kreischend sahen wir ihn in der ganzen Pracht seines Adamskostüms. Seelenruhig stieg er in den Kahn und ruderte zur Insel zurück.

»Holt ihn euch zurück!«, riefen die Jungen. Und: »Nachmachen, nachmachen!«

Wir waren völlig durcheinander und kicherten verlegen.

»Ihr Gänse«, sagte Erika. »Habt ihr noch nie einen nackten Mann gesehen?«

Was wie ein harmloser, kindischer Streich begonnen hatte, war auf einmal etwas ganz anderes, etwas, das uns überforderte.

Als die drei Jungen drüben auf der Insel in den Kahn stiegen – der Schwimmer wieder angezogen – und auf uns zugerudert kamen, liefen Ingrid und Hermine weg.

»He, ihr drei«, sagte der lange Blonde, als sie an Land stiegen. »Warum lauft ihr nicht auch weg?«

»Wir sind nämlich gefährlich«, sagte der Schwimmer.

»Gefährlich wie die nackte Wahrheit«, sagte der Dritte und sie lachten.

»Ihr seid ja verrückt«, sagte Erika.

»Klar sind wir das«, sagte der Schwimmer. Aus der Nähe sah er gar nicht mehr so unscheinbar aus. Als mich sein Blick traf, musste ich wegsehen, um nicht vor Scham zu zerschmelzen.

»Wer heute nicht verrückt ist, ist nicht normal«, sagte der Blonde.

»Was ist?«, sagte der Dritte, ein kleiner, schmächtiger Junge mit einer großen Brille. »Wollt ihr Boot fahren?«

»Ja, los«, sagte der Blonde. »Steigt ein. Einmal um die Insel rum.«

»Ohne mich«, sagte Erika.

Roswitha sah auf ihre Armbanduhr. »Weiß nicht«, sagte sie. »Wir haben gleich Mathe.«

»Mathe kann warten«, sagte der Blonde und zog das Boot zum Einsteigen in Stellung.

Roswitha und ich sahen uns an.

»Hanne«, rief Erika. »Kommst du?!« Ihre Stimme klang wie

ein Befehl. Oder wollte sie mich warnen? Hatte sie Angst vor irgendetwas?

Ich zögerte nur kurz. Dann stieg ich als Erste in den alten, schaukelnden Kahn.

»Na wartet!«, rief Erika und rannte davon.

Der Schwimmer setzte sich auf das hintere Sitzbrett neben mich. Der Blonde ruderte und Roswitha und der Brillenjunge saßen dicht nebeneinander vorn im Boot.

Wir glitten langsam auf den Teich hinaus. Der Kahn knarrte. Unter den überhängenden Zweigen der Trauerweide stand das Schwanenpaar und sah zu uns herüber.

»Habt ihr keine Angst, dass Krause euch erwischt?«, sagte ich.

Der Schwimmer lachte mir ins Gesicht. »Wer Angst hat, verpasst das Beste im Leben.«

»Und was ist das Beste?«, fragte ich.

Er überlegte nur kurz. »Kahnfahren«, sagte er. »Für den Augenblick Kahnfahren mit dir.«

Röte stieg mir ins Gesicht. Wir waren halb um die Insel herum, da sagte er: »Ich heiße übrigens Gunnar. Und außer Schwimmen kann ich noch Saxofon und Trompete.«

»Schön für dich«, sagte ich.

»Vielleicht auch für dich«, sagte Gunnar. »Wenn du Lust hast, komm doch mal in unseren Keller. Stresemannstraße 34. Wir üben da. Jeden Mittwoch ab sieben Uhr abends.«

»Ich kann kein Instrument«, sagte ich.

»Nicht nötig«, sagte Gunnar. »Wir brauchen auch Zuhörer, weißt du. Sind auch noch andere Mädchen da.«

Alles ging so schnell. Ich zog die Schultern hoch. »Mal sehen«, sagte ich. »Vielleicht.«

»Würde mich freuen.«

»Ich heiße übrigens Hanne«, sagte ich.

»Schöne Haare hast du, Hanne«, sagte er.

Das hatte noch niemand zu mir gesagt. Ich spürte eine warme, wohltuende Welle in mir aufsteigen.

Unsere Kahnfahrt nahm dann ein unrühmliches Ende. Als wir die Insel fast umrundet hatten, sahen wir auf dem Kiesweg unsere Rektorin Fräulein Rakebrandt heranstürmen und – hinterherhinkend – den Lehrer Henkel, Physik und Chemie.

»Halt! Was macht ihr da?«, rief Fräulein Rakebrandt. »Sofort kommt ihr hierher!«

»Oh, verdammt«, sagte Roswitha. »Das war Erika, die Schlange!«

»Was für ein Trara«, sagte der große Blonde. Es hörte sich beinahe an, als würde er sich auf das bevorstehende Donnerwetter freuen.

Fräulein Rakebrandt zerrte Roswitha und mich an den Armen aus dem Kahn, als müsste sie uns vor Unholden retten.

»Was fällt euch ein!«, wetterte sie mit hochrotem Gesicht. »Ihr wisst es genau, Kahnfahren ist streng verboten! Und dann … und dann …« Sie drehte sich hilfesuchend nach Herrn Henkel um.

Der Lehrer Henkel war weit über siebzig, Geheimratsecken, graue Resthaare. Im Unterricht hatten wir ihn immer sachlich und dröge erlebt. »Henkel trocken« nannten ihn manche, jetzt aber baute er sich vor den drei Jungen auf und ließ seinen Adlerblick vom einen zum anderen wandern. Er holte tief Luft und sagte, Empörung in der Stimme: »Wer von euch hat die Unverfrorenheit besessen und hat sich … hat sich vor den Mädchen exhibitioniert?«

»Exhi… was?«, fragte der Blonde.

»Wer hat sich vor den Mädchen entblößt?«

Der Blonde tat, als wäre er erschrocken. »Aber Herr Lehrer«, sagte er. »Was denken Sie von uns?«

»Wer war's?« Henkel trocken gab sich Mühe, streng auszusehen.

Der Blonde sah seine beiden Freunde an und sagte: »Habt ihr was gesehen? Dass einer so was gemacht haben soll? Sowas Ferkeliges?«

Voller Entrüstung schüttelten die beiden die Köpfe. »Nee«, sagten sie im Duett. »So was haben wir nicht gesehen.«

»Hanne«, sagte jetzt Fräulein Rakebrandt. »Sag du es. Wer war's?«

Ich wunderte mich, wie leicht mir die Lüge über die Lippen kam. »Ich habe nichts gesehen«, sagte ich.

»Ich auch nicht«, bestätigte Roswitha.

»Na schön«, schnaubte Fräulein Rakebrandt. »Die Sache wird ein Nachspiel haben. Freut euch nicht zu früh, ihr Burschen. Wir werden den Vorfall eurem Direktor melden. Wenn sich bestätigt, was gemeldet wurde, dann reicht das für einen Schulverweis.«

»So kommt ihr nicht davon«, sagte Herr Henkel. »Ihr sagt mir jetzt gefälligst eure Namen.«

So erfuhren wir, sozusagen amtlicherseits, die Namen der drei Jungen.

Der Blonde hieß Achim Mesecke.

Der Kleine mit der großen Brille Frank Steinmetz.

Gunnar Osterloh war der Schwimmer.

Das verordnete Nachspiel für uns hielt sich in Grenzen. Einen Monat Aufenthaltsverbot im Park und vier Wochen Abtrocknen in der Schulküche.

Das eigentliche Nachspiel aber war etwas ganz anderes.

32

Sollten wir – sollten wir nicht? Drei Wochen hintereinander ließen wir den Mittwoch verstreichen. Jedes Mal schauten wir uns an, Roswitha und ich, unsicher und verlegen lächelnd, und jedes Mal siegte die Feigheit.

»Wer weiß, ob die das überhaupt ernst gemeint haben.«

»Da sind noch andere Mädchen, hat er gesagt.«

»Wahrscheinlich ein ganzer Harem.«

Der letzte Straf-Küchendienst fiel auf einen Mittwoch. Beim Abtrocknen sagte Roswitha: »Der blonde Achim war nicht übel.«

»Meinst du, wir sollen doch …«

»Weißt du noch die Adresse?«

»Stresemannstraße 34«, sagte ich. Einmal war ich nach der Schule da vorbeigegangen.

»Heute Abend?«, sagte Roswitha.

»Also gut.« Ich nickte.

Zu Hause erzählte ich Julia von unserem Vorhaben.

»Stresemannstraße«, sagte sie. »In dem Viertel wohnen die besseren Leute.«

»Meinst du, wir sollten hingehen?«, fragte ich.

»Ja, klar«, sagte Julia. »Musik ist immer gut.«

Roswitha und ich trafen uns um zehn vor sieben an der Ecke Beethovenstraße/Stresemannstraße. Aufgeregt waren wir alle beide.

»Bloß nicht zu früh hingehen«, sagte Roswitha. »Lieber zu spät. Wenn sie schon angefangen haben mit ihrer Musik.«

Wir drückten uns also noch eine Weile in der Beethovenstraße vor dem Schaufenster der Metzgerei Horstmann herum und bewunderten die aufgestapelten Würste und Schinken. Volle Schaufenster waren immer noch ein ungewohnter Anblick.

Stresemannstraße 34. Ein Altbau mit Erkern und Türmchen hinter hohen Tannen in einem gepflegten Garten. Von Weitem ein Märchenschloss. Unsere Schritte knirschten auf dem Kiesweg. Hinter einem erleuchteten Kellerfenster hörte man die heiseren Klänge eines Saxofons.

Wir stiegen die ausgetretenen Stufen der Steintreppe hinauf. Im überdachten Vorhaus sahen wir, dass drei Parteien im Haus wohnten. Wir klingelten bei Osterloh.

Eine Frau mittleren Alters, vielleicht Gunnars Mutter, öffnete.

»Oh«, sagte sie. »Noch zwei Jüngerinnen der Jazzmusik.«

Ich fragte nach Gunnar.

»Geht ihr auch auf die Viktoria-Luise?«, fragte die Frau.

Die Viktoria-Luise-Oberschule für Mädchen war die Schule, auf die ich – wenn alles klappte – im nächsten Jahr auch gehen würde.

»Noch nicht«, sagte ich. »Nächstes Jahr vielleicht. Noch gehen wir zur Mittelschule.«

»Ach so«, sagte die Frau. Mehr wollte sie nicht wissen. Sie führte uns über den Flur und zeigte uns die Treppe zum Keller.

»Immer dem Krach nach«, sagte sie. »Um neun spätestens ist Schluss!«

Im Kellergang war es düster. Als wir das Licht anknipsten, fielen uns sofort die weißen Pfeile auf dem Boden ins Auge und an der Betonwand die großen weißen Buchstaben: LSR. Die Pfeile zeigten in die Richtung, aus der die Musik kam. Also war es ein ehemaliger Luftschutzraum, in dem sie probten.

Julia hatte mir erzählt, wie sie und ihre Mutter während der letzten Kriegsjahre oft in solchen Luftschutzräumen Zuflucht gesucht hatten. Zu Hause im Dorf, wenn die Flieger über uns hinweggedröhnt waren, hatten wir uns zusammen mit Nachbarn in unserem engen, dunklen Gewölbekeller zwischen Kohlen und Kartoffeln gehockt. Zum Glück war uns eine Bombardierung erspart geblieben, aber die Angst hatte uns jedes Mal im Nacken gepackt. Ein Schatten davon streifte mich auch jetzt wieder, als ich die weißen Pfeile und die Schrift sah.

Die Stahltür war nur angelehnt. Durch den Spalt sahen wir vier Mädchen in unserem Alter, die auf Holzkisten saßen und im Rhythmus der Musik Füße, Arme und Köpfe bewegten. Von den Musikern war nichts zu sehen, wir hörten sie nur. Saxofon, Klavier, Kontrabass, Schlagzeug.

Eine Weile blieben wir vor der Tür stehen und hörten zu. Ich fand, dass es fast wie im Radio klang, nicht ganz so perfekt vielleicht. Einmal blieben sie stecken. Sie lachten.

»Nicht nachdenken, Frank«, sagte einer. »Einfach weiter. Los Gunnar, du gibst vor.«

Das Saxofon setzte wieder ein, die anderen Instrumente gesellten sich allmählich dazu, umspielten den heiseren Ton, fanden nicht gleich zueinander.

»Die können es noch nicht«, flüsterte Roswitha.

Ich zog die Schultern hoch. Was Musik anging, fühlte ich mich unsicher. In der Dorfschule hatten wir im Musikunterricht immer nur Volkslieder gesungen, undenkbar, ein Instrument zu lernen. In der Mittelschule war es nicht viel besser. Der alljährliche Zwang zum Vorsingen hatte mir mit den Jahren die Freude an der Musik vergällt. Und Jazz, das sei Negermusik, hatten sie uns beim BDM eingeschärft, artfremd, undeutsch, so was sollten wir nicht hören und erst recht nicht spielen.

»Komm«, sagte Roswitha. »In die Höhle des Löwen.«

Sie schob die Tür auf und zögernd schlichen wir uns in den Kellerraum.

Sie saßen vor dem abgeblätterten Putz der Kellerwand. Hinter ihnen, gerade noch lesbar: *Rauchen verboten*. Achim Meseke am Kontrabass, Frank Steinmetz am Klavier, Gunnar Osterloh mit dem Saxofon und ein vierter Junge, ein schmächtiger Schlacks, saß hinter dem Schlagzeug. Sie spielten weiter, begrüßten uns aber mit erfreutem Zunicken, und Gunnars Saxofontöne, so schien es mir, kletterten wie ein Willkommensgruß in die Höhe.

Die Blicke der vier Mädchen auf den Holzkisten dagegen kamen mir von Anfang an feindselig vor. *Was wollt ihr denn hier?* stand in ihren Gesichtern. Als wären wir in ihr Wohnzimmer, in ihre Familie eingedrungen. Keine machte Anstalten, uns einen Platz auf den Holzkisten anzubieten.

Wir blieben nicht weit von der Tür stehen und ich fühlte mich beklommen.

Endlich unterbrachen die Jungen ihre Musik und Gunnar sagte in unsere Richtung: »Toll, dass ihr gekommen seid.« Und zu den Mädchen auf den Holzkisten: »Das sind Hanne und Roswitha. Sie haben uns mutig vor dem Zorn der Obrigkeit gerettet.«

Die vier Mädchen steckten die Köpfe zusammen, tuschelten, und die, die uns am nächsten saß, drehte sich zu uns um und fragte: »Kommt ihr von der Ricarda-Huch?«

Die Ricarda-Huch-Oberschule war die zweite Oberschule für Mädchen in der Stadt.

»Nee«, sagte Roswitha. »Von der Mädchenmittelschule.«

»Ach so«, sagte das Mädchen im gleichen Ton wie vorher die Frau an der Haustür und die anderen Mädchen lachten. Es klang spöttisch, als wären wir leicht beschränkt und nicht berechtigt, mit den höheren Töchtern dieselbe Luft zu atmen.

»Da sind noch zwei Kisten, glaube ich«, sagte Gunnar. »Setzt euch.«

Wir angelten uns eine der drei Holzkisten von der gegenüberliegenden Wand und setzten uns dicht nebeneinander hinter die vier Mädchen. Die Jungen spielten weiter.

Obwohl ich wütend auf die hochnäsigen Zicken war, ließ ich mich von der Musik der vier Jungen in Bann ziehen. Ich spürte, wie sie sich den Klängen hingaben, wie lustvoll sie in ihrer Musik verschwanden. Manchmal rief Achim Meseke ein Wort in die Runde – *Amsterdam, Paris, Marseille* –, dann wechselte der Rhythmus, zerlief oder spitzte sich zu. Wie in einem Gespräch antworteten oder widersprachen die Instrumente einander. Ein Gespräch aus Tönen und Klängen.

Aber es war ein Gespräch, von dem wir uns dann doch ausgeschlossen fühlten. Die Mädchen vor uns ließen sich ganz von der Musik gefangen nehmen. Ihre Arme und Beine zuckten. In den Pausen klatschen sie heftig und riefen den Jungen Namen und Begriffe zu, die wir nie gehört hatten.

»Wie Charlie Parker!«, rief eine.

»Das ist echter Bebop!«, eine andere.

»Los weiter! Jamsession!«, rief eine dritte.

Man sah den Jungen an, dass sie das Lob und die Begeisterung der Mädchen anspornte. Ihre Augen leuchteten.

Nach einer Weile hatten Roswitha und ich das Gefühl, dass die Jungen unsere Anwesenheit gar nicht mehr wahrnahmen. Sie spielten und spielten, legten sich mächtig ins Zeug.

»Wir brauchen auch Zuhörer«, hatte Gunnar gesagt. Aha, dachte ich, so ist das. Bewunderung braucht ihr, Beifall. Deshalb sollten wir kommen.

»Angeber«, flüsterte ich Roswitha zu.

Sie nickte. »Dabei können die's gar nicht.«

Wir hatten zu laut geflüstert. Das vor uns sitzende Mädchen, schwarze Haare, weiße Bluse, dunkler Rock, drehte sich um, zeigte uns einen Vogel und giftete: »Aber ihr! Ihr Dummbacken könnt das! Quatscht nicht über Dinge, die ihr nicht versteht! Bleibt doch bei eurer Kirmesmusik!«

»Blöde Kuh!«, sagte Roswitha.

Das Mädchen drehte sich um, schüttelte den Kopf und ignorierte uns.

Roswitha kniff die Lippen zusammen. Auch in mir brodelte es. Zwei, drei Minuten saßen wir noch auf der Holzkiste, hörten der Musik zu und hörten sie doch nicht.

»Komm«, flüsterte Roswitha schließlich. »Lass uns verschwinden.«

Wir standen auf und gingen. Das Saxofon quäkte, als wolle es uns aufhalten, aber die Musik brach nicht ab.

Wir liefen durch den Kellergang in entgegengesetzte Richtung der weißen Pfeile. Einmal drehte ich mich um. Niemand kam hinter uns her.

Oben mussten wir Gunnars Mutter aus ihrer Wohnung klingeln, weil die Haustür verschlossen war.

»Geht ihr schon?«, fragte sie. »Es ist noch nicht mal acht.«

»Wir müssen nach Hause«, sagte ich.

Draußen auf der Straße ließen Roswitha und ich Dampf ab.

»Diese eingebildeten Zicken!«

»Angeber!«

»Besserwisser!«

»Wichtigtuer!«

Als ich schließlich allein weiterging, fiel mir ein, dass ich im nächsten Jahr vielleicht auf die Viktoria-Luise-Schule gehen und dann selber zu denen gehören würde. Nein, dachte ich, nie! So eine will ich nicht werden.

Aber dieser Gunnar? Wieso ging der mir nicht aus dem Sinn? Was war denn an dem, außer seiner Jazzmusik?

Später im Bett konnte ich das Gefühl nicht loswerden, als hätte ich heute etwas verpasst.

33

Außer Julia wusste es niemand. Ohne jemandem etwas davon zu sagen, hatten ihre Mutter und Herr Piontek sich trauen lassen. Louise hieß auf einmal Louise Piontek. Für das nächste Jahr hatte sie eine größere Wohnung in Aussicht, dann wollten sie zusammenziehen.

»Du kannst natürlich bei uns wohnen bleiben, Hanne«, sagte Louise.

Ich wusste nicht, ob ich das wollte. Zum einen war ich mir inzwischen nicht mehr sicher, ob ich wirklich zur Oberschule gehen wollte, und zum anderen fiel es mir schwer, mir vorzustellen, meinem Lehrer – sozusagen als Ersatzvater – morgens im Bad zu begegnen.

Irgendwie schwebte ich zwischen allen Stühlen. Stadt und Land, Mittelschule, Oberschule – ich hatte das Gefühl, als würde der Boden unter meinen Füßen immer brüchiger.

Manchmal lief ich an den Nachmittagen ohne bestimmtes Ziel durch die Stadt, blieb vor Schaufenstern stehen, bestaunte die reichhaltigen Auslagen, bummelte durch das Karstadt-Kaufhaus, blätterte im Sommerkatalog der Effi-Schnitte und überlegte, ob Helmuts und mein Geld reichen würde, um unserer Mutter zu Weihnachten eine schicke Damen-Schultertasche zu kaufen.

Einmal sah ich im Kaufhaus Mechthild Möllenkamp, unsere

ehemalige BDM-Führerin, vor einer Auslage mit Unterröcken stehen. Beinahe hätte ich sie angesprochen. Aber weil ich nicht wusste, was ich mit ihr hätte reden sollen, machte ich kehrt und ging die Kaufhaustreppe wieder hinunter.

Ohne es geplant zu haben, stand ich eines Tages in der Kaiser-Wilhelm-Straße vor dem Schaufenster der Buchhandlung. Vaters Buchhandlung. Sein heimlicher Sehnsuchtsort immer noch. Und Louises Arbeitsstelle. Ich nahm meinen ganzen Mut zusammen und ging hinein.

Über die knarrenden Dielenbretter kam mir Herr Großkopf entgegen. Breite Schultern, Vollbart, Glatze. Es arbeitete in seinem Gesicht.

»Sag mal ... sagen Sie ... woher kenne ich dich?«

»Hoffmann«, sagte ich. »Hanne Hoffmann. Ich bin ...«

Herr Großkopf riss die Hände in die Höhe. »Ah ja und natürlich! Du bist Pauls Tochter! Wie geht es denn so mit der Landwirtschaft?«

Ich erzählte, so gut ich konnte, von zu Hause, aber schon nach zwei, drei Sätzen merkte ich, dass es Herrn Großkopf nicht wirklich interessierte.

»Unsere Louise«, sagte Herr Großkopf, »unsere junge Braut – na, das weißt du sicher – hat sich heute Nachmittag freigenommen. Was können wir denn für dich tun, Fräulein Hoffmann? Ein Schulbuch? Einen Roman? Ein Geschenk für den Vater?«

»Ich wollte ...«, stotterte ich. »Ich dachte nur ... ich wollte mich nur mal umsehen ...«

»Aber ja!«, rief Herr Großkopf. »Aber natürlich, herzlich gern und jederzeit! Sieh dich um!«

Zum Glück kam in diesem Moment ein neuer Kunde zur Ladentür herein, ein Professor vielleicht. Herr Großkopf stürzte auf ihn zu und begrüßte ihn überschwänglich, und ich verkrümelte mich schnell in den hinteren Teil des Ladens. Dort stand ich vor einer Wand aus Buchrücken, die bis zur Decke hinaufreichte, und kam mir fehl am Platze vor.

Was wollte ich hier? Warum war ich hier reingegangen? Wegen Vater? Wegen Louise? Weil ich nach einem Stück Vertrautheit suchte? Es war doch Vaters Welt, nicht meine.

Wahllos zog ich ein Buch aus dem Regal, schlug es auf, blätterte. Aber meine Augen blieben an keinem Wort hängen. Was hatte ich mir eingebrockt? Konnte man hier einfach wieder gehen, ohne ein Buch zu kaufen? Mein Taschengeld reichte bestimmt nicht. Sollte ich ein Interesse vorspielen, das ich gar nicht hatte?

»He, Hanne«, sagte auf einmal eine Stimme hinter mir.

Ich fuhr herum. Da stand der sommersprossige Schwimmer, Saxofonspieler, Oberschüler, und lachte mir ins Gesicht.

»Was machst du denn hier?« Mehr brachte ich vor Schreck nicht heraus.

»Rate mal«, sagte er.

Eine Weile standen wir schweigend voreinander herum, als könnte das nächste Wort etwas verderben.

»Jazz magst du nicht?«, sagte er schließlich.

»Wie kommst du ... Ach so, wegen neulich. Ich mag keine Besserwisserinnen. Und von Jazz verstehe ich zu wenig.«

»Kann sich das ändern?«

Ich zog die Schultern hoch. »Vielleicht.«

»Kommst du mit?«, sagte er. »Hier um die Ecke gibt es seit Neuestem eine kleine Milchbar. Ganz nett da. Ich lade dich ein.«

Noch nie war ich von einem Jungen eingeladen worden. Was würde es bedeuten, wenn ich Ja sagte?

»Hm. Also ...«

»Dann könnten wir reden. Besser als hier.«

»Viel Zeit habe ich aber nicht.« Keine Ahnung, warum ich das sagte. Das Gegenteil stimmte.

Wir gingen hintereinander den engen Gang zwischen zwei Bücherregalen zum Ladenraum vor. In der Nische neben dem Schaufenster war Herr Großkopf im lauten Gespräch mit einer älteren Dame.

»Kaufst du kein Buch?«, flüsterte ich.

»Heute nicht«, sagte Gunnar. »Milchbar oder Buch. Milchbar hat gewonnen.«

Die Ladenglocke bimmelte, als Gunnar die Tür öffnete.

»Grüß deinen Vater, Hanne!«, rief Herr Großkopf hinter mir her.

Ich nickte und winkte ihm zu. Aber da war er schon wieder im Gespräch mit der offenbar schwerhörigen Frau und schien nicht zu erwarten, dass ich ihm die Hand gab.

In der Milchbar *Zur bunten Kuh* waren drei von vier Tischen von jungen Leuten besetzt. Gunnar grüßte nach rechts und links. Eins der Mädchen am mittleren Tisch war die hübsche Schwarzhaarige vom Jazzabend im Luftschutzkeller. Als sie mich in Begleitung von Gunnar sah, konnte sie ihre Überraschung kaum verbergen, beugte sich zu ihrer Nachbarin und tuschelte ihr etwas ins Ohr.

Wir setzten uns an den freien Tisch in der dämmrigen Ecke des kleinen Raumes. Gunnar bestellte zwei Milchmix bei einer korpulenten, resolut wirkenden Frau im weißen Kittel.

Ich fühlte mich beobachtet und linste aus den Augenwinkeln immer wieder zu den anderen Tischen hinüber.

»Johanna ist ganz in Ordnung«, sagte Gunnar. »Keine Besserwisserin.« Er zog am Strohhalm in seinem Milchgetränk und grinste. Ein bisschen fühlte ich mich aber doch wie im Jazzkeller, wie ausgesetzt auf einem anderen Planeten.

»Und außerdem«, sagte er. »Ist doch egal, was andere über einen denken und sagen.«

Wollte er mich belehren, der Herr Oberschüler?

»Wirklich?«, fragte ich. »Ist dir das vollkommen egal, was andere über dich sagen?«

»Nee, meistens nicht«, sagte er. »Meistens wird man doch schwach. Redet anderen nach dem Mund. Gerade bei Menschen, die einem was bedeuten.«

»Hm.«

Er überlegte. »Mit Musik, denke ich oft, mit Musik geht das besser«, sagte er schließlich. »Ich meine, Musik ist unbestechlich ...«

»Aber ihr braucht Zuhörer, hast du gesagt. Ihr wollt, dass eure Musik gefällt.«

Er nickte. »Ja klar. Jeder will anderen gefallen.« Und dann: »Ich dir zum Beispiel.«

Ich tat, als hätte ich es überhört. Sagte er das nur so dahin? Machten Oberschüler das so? Vielleicht hatte es gar keine Bedeutung ...

»Weiß nicht«, sagte ich und musste plötzlich an Eckart Schrader denken. »Jedem will ich gar nicht gefallen.« Das Kribbeln in meinem Bauch wurde stärker.

»Enttäuscht?«, sagte er und schien eine Weile ratlos. Und schließlich: »Du denkst ja vielleicht, das mit der Musik, das ist Angeberei. Wie soll ich sagen? Am Ende bleibt mir nur ... bleibt mir nur ...«

Er suchte nach dem richtigen Wort und fand es nicht.

Plötzlich fiel mir unsere erste Begegnung im Park ein. »Du meinst«, sagte ich, »am Ende bleibt dir nur die nackte Wahrheit?«

»Ja, genau«, sagte er. »Die nackte Wahrheit. Ob schön oder nicht. Aber ohne die ist alles von Anfang an falsch.«

Die Wahrheit? So ein großes Wort. Beim BDM hatten sie uns auch von einer Wahrheit erzählt, aber von einer ganz anderen.

»Und du weißt, was das ist, die Wahrheit?«, sagte ich.

»Überhaupt nicht, Hanne«, sagte er beinahe erschrocken. »Kein bisschen. Ich weiß nur, dass wir hinter der her sein müssen. Immer und überall. Dass wir uns nie wieder was überstülpen lassen dürfen von Leuten, die glauben, dass sie die Wahrheit besitzen. Nichts mehr mit ›Führer, wir folgen dir‹. Viel zu lange sind wir hinter den Rattenfängern hergelaufen. Wir müssen selber rauskriegen, was gut ist und was nicht.«

»Und? Wie machst du das?«

»Losfahren«, sagte er. »Einfach weg. In den Ferien sind wir getrampt, Achim, Frank und ich. Amsterdam, Paris, Marseille …«

»Könnt ihr Französisch? Holländisch?«

»Holländisch gar nicht. Französisch ein bisschen. Sicher, manchmal stehst du dumm da. Weißt nicht, wo hinten und vorn ist. Aber wenn du dann was kapiert hast, zum Beispiel nur, wie das mit der Metro geht, oder Einkaufen, Leute kennenlernen – also, das ist jedes Mal wie eine Welteroberung.«

Die Begeisterung hinter seinen Worten steckte mich an.

»Frankreich und Holland«, sagte ich. »Kann man da einfach so hin? Das waren doch unsere Feinde.«

»Das haben sie uns so beigebracht«, sagte Gunnar. »Blödsinn ist das. Die Leute da sind nicht anders als wir. Die wollen auch nur in Frieden leben. Klar gibt es welche, die nicht mit uns reden. Kann man verstehen. Wir Deutschen haben die überfallen, wir haben auf sie geschossen – da können wir nicht erwarten, dass sie jetzt den roten Teppich für uns ausrollen. Wir müssen ganz von vorn anfangen. Versuchen, wiedergutzumachen, was unsere Eltern angerichtet haben.«

»Dein Vater?«, fragte ich. »War der auch Soldat?«

»War. Ja. Gefallen in Russland.«

»Das tut mir leid.«

»Meine Mutter wollte ihn verstecken, als er 44, wo alles schon verloren war, nach dem letzten Heimaturlaub wieder losmusste. Aber er wollte sich nicht drücken. Hatte so ein verdammtes Pflichtgefühl. Patriotismus. Nationalstolz. Was man ihm befohlen hat, das hat er gemacht, ohne zu fragen für wen und warum.«

»Das haben wir doch alle«, sagte ich. »Ich auch. Jungmädel. BDM. Mein Bruder in der Hitlerjugend, zum Schluss sogar Werwolf. Wir haben immer gedacht, was alle machen, ist richtig.«

»Ich war im Jungvolk«, sagte Gunnar. Er reckte den Arm zum Hitlergruß. »Meine Ehre heißt Treue!«

Die Köpfe vom Nachbartisch drehten sich in unsere Richtung. Er störte sich nicht daran.

»Du auch?«, sagte ich. »Hätte ich nicht gedacht.«

»Fast alle waren wir so blöd.«

»Meine Freundin nicht«, sagte ich. »Julia und ihre Mutter haben nicht mal für das Winterhilfswerk gespendet. Und Julia hat jetzt …« Ich biss mir auf die Lippen. Dass mir gerade das jetzt einfiel.«

»Was hat sie?«

»Sie hat einen englischen Soldaten kennengelernt«, sagte ich. »Bei uns im Dorf. Hat sich richtig verliebt. Und in ein paar Tagen fliegt sie zu ihm nach London. Mal sehen, vielleicht heiratet sie ihn.«

»Heiraten ist besser als schießen«, sagte er.

Ich musste lachen.

»Oder?«

Ich nickte.

»Fliegst du auch hin? Zur Hochzeit, meine ich.«

»Wo denkst du hin. Sie kann nur fliegen, weil Adam, also ihr Freund, ihr den Flug bezahlt. So leicht geht das eben nicht, wenn man kein Geld hat. Ich meine, von wegen ›einfach losfahren‹ und so.«

»Geld haben wir auch so gut wie keins gehabt«, sagte Gunnar. »Wir sind getrampt. Manchmal haben wir uns mit Straßenmusik ein paar Pfennige verdient.«

»Weiß nicht, ob ich das könnte. Losfahren mit so viel Unsicherheit, meine ich …«

»Probier's doch einfach mal aus«, sagte er.

»Was?«

»Komm mit. Nächstes Jahr in den Sommerferien. Kann sein, Johanna fährt auch mit. Und noch ein paar andere Mädchen.«

Wie er mich ansah. Voller Begeisterung. Er schien es tatsächlich ernst zu meinen.

»Du bist verrückt«, sagte ich.

»Wer ist verrückt, wer ist normal?«

»Wir kennen uns doch gar nicht. Und nächstes Jahr … Wer weiß, was dann ist. Und außerdem …«

»Was außerdem?«

»Du gehst zur Oberschule. Du bist aus der Stadt. Du machst diese Musik. Ich bin vom Dorf und nur Mittelschule. Das sind verschiedene Welten.«

Er schüttelte den Kopf. »Du bist Hanne«, sagte er. »Und du gefällst mir. Ich möchte dich kennenlernen. Schule oder so, das interessiert mich nicht.«

Meine Gefühle schlugen Purzelbäume.

»Ich weiß nicht«, sagte ich vorsichtshalber und sah vor mich hin auf die Tischplatte. Seine Hand kam zögernd in mein Blickfeld und legte sich auf meine. Ich ließ es geschehen.

»Hanne«, sagte er. »Denk darüber nach. Wir könnten eine Menge zusammen machen. Kahnfahren, Radfahren, Wandern, Sachenangucken und so. Wir könnten uns kennenlernen und dann ...«

Der Druck seiner Hand wurde stärker.

»Und dann ...?«, sagte ich.

»Und dann ...«, sagte er.

Wir lachten und keiner von uns beiden brachte den Satz zu Ende.

34

Trotz aller Widrigkeiten hatte Adam Bennett es organisiert, dass Julia am Dienstag, den 5. Oktober, mit einer englischen Militärmaschine nach London fliegen konnte. Es war ein trüber, kühler Tag mit wolkenverhangenem Himmel, aus dem es immer wieder regnete. Kein Wetter für einen großen Aufbruch.

Louise hatte sich den Tag freigenommen, um ihre Tochter in die gut hundert Kilometer entfernte Großstadt zu begleiten, wo sie am Bahnhof von einem englischen Offizier abgeholt werden sollte.

Den ganzen Tag über musste ich immer wieder an Julia denken. Ich stellte mir vor, ich wäre an ihrer Stelle. Würde ich mir so eine Reise zutrauen? Einfach losfahren ins Unbekannte? In dieser unsicheren Zeit, in der es tausend Gefahren gab? Viele Großstädte lagen in Trümmern. Überall entwurzelte, heimatlose Menschen. Überall Not und Verzweiflung. Jeden Tag konnte man im Radio hören, in der Zeitung lesen: Diebstahl, Vergewaltigung, Raubmord. Und ausgerechnet jetzt lieferte sich Julia den Engländern aus, unseren ehemaligen Feinden. Bestimmt gab es dort auch ganz andere Menschen als ihren Adam. Und auch in London, hatten wir gehört, lagen ganze Stadtviertel in Trümmern. Durch unsere Schuld, durch deutsche Bomben. Wäre es da ein Wunder, wenn die Engländer …

Am Nachmittag war ich allein in der Wohnung und wartete

auf Louise, die gegen fünf Uhr zurück sein wollte. Zehn Minuten vor fünf klingelte es an der Wohnungstür. Draußen stand Leo Piontek.

»Ist sie schon da?«

Wir setzten uns schließlich an den Küchentisch und warteten gemeinsam, redeten über die Schule, über Julia, Onkel Oswald, meine Eltern und ein bisschen auch über die große Politik in der Welt.

Allmählich wurde es dunkel. Immer öfter schaute Leo Piontek zur Uhr über der Küchentür.

»Wo sie nur bleibt?«

Wie als Antwort klingelte es an der Wohnungstür. Wir sprangen gleichzeitig auf, rannten über den Flur und ich öffnete.

Der weißhaarige Dr. Stadler aus der Wohnung über uns stand vor der Tür. Ich kannte ihn nur verschmitzt lächelnd und voller Ironie. Jetzt war sein Gesicht ungewohnt ernst.

»Ich habe eben einen Anruf bekommen«, sagte er. »Aus dem Städtischen Krankenhaus. Ihre Frau, Herr Piontek, hat einen Unfall gehabt. Man hat sie operiert.«

Leo Piontek wurde kreidebleich.

Auch meine Knie zitterten.

Dr. Stadler war der Einzige im Haus, der ein Telefon hatte.

»Mein Gott!«, brach es aus Leo Piontek heraus. »Was ist passiert? Ist es schlimm? Was wissen Sie?«

»Tut mir leid«, sagte Dr. Stadler. »Darüber hat man mir nichts gesagt.«

»Wir müssen zu ihr«, sagte Leo Piontek. »Möglichst schnell. Wie machen wir das, Hanne?«

»Wenn Sie wollen, rufe ich meinen Sohn an«, sagte Dr. Stadler. »Der hat ein Auto und wohnt hier um die Ecke. Er könnte sie hinfahren.«

»Danke«, sagte Leo Piontek. »Das ist sehr freundlich.«

Wenig später saßen wir im Auto von Dr. Stadlers Sohn und die Fahrt schien mir kein Ende zu nehmen. Wenn die im Krankenhaus am Telefon nichts Genaues gesagt haben, dachte ich, muss es was Schlimmes sein. Vielleicht sogar …

Im Krankenhaus fand sich lange niemand, der uns mehr sagen konnte. Die Wartezeit auf dem öden Gang kam uns vor wie eine Ewigkeit. In der gemeinsamen Sorge um Louise war mir Leo Piontek so nah wie noch nie.

»Mein Gott, Hanne«, sagte er immer wieder. »Warum musste das passieren? Warum ausgerechnet ihr?«

Irgendwann konnte ich die Tränen nicht mehr zurückhalten. Die Welt ohne Louise, unsere »Tante«, Julias Mutter – das konnte, das wollte ich mir einfach nicht vorstellen.

Gegen neun Uhr kam endlich eine Krankenschwester.

»Sie können jetzt zu ihr«, sagte sie. »Aber nur kurz. Die Patientin braucht Ruhe. Besuchszeit ist zwischen fünfzehn und achtzehn Uhr.«

Louise lag in einem Dreibettzimmer, das eingegipste linke Bein aufgehängt, auch der linke Arm war in Gips, und im Gesicht hatte sie Schrammen. Aber sie lächelte schon wieder, als sie uns sah.

Leo Piontek beugte sich zu ihr hinunter und küsste sie behutsam auf die Stirn. Mit hörbarer Erleichterung in der Stimme sagte er: »Louise, Louise, was machst du nur für Sachen!«

»Leo! Hanne! Wie schön, dass ihr da seid«, sagte Louise leise. Stockend erzählte sie, was passiert war. Zu ungeduldig sei sie gewesen. Auf der Treppe vom Bahnsteig hinunter sei sie gestolpert. Das linke Bein und der linke Arm waren gebrochen. »Aber sie haben mich schon wieder zusammengeflickt.«

Die eingegipste Louise sah aus wie eine ägyptische Mumie,

aber zum Glück waren unsere größten Befürchtungen nicht eingetroffen. Das Schlimmste an der Operation, erzählte sie, sei die Äthernarkose gewesen, den Geruch werde sie wohl noch lange nicht loswerden.

Wir waren keine fünf Minuten im Zimmer, da kam die strenge Krankenschwester und scheuchte uns hinaus. Wir konnten Louise gerade noch versprechen, morgen zur Besuchszeit wiederzukommen.

Der Rückweg im Dunkeln durch die Stadt dauerte gut eine halbe Stunde zu Fuß. Leo Piontek begleitete mich bis vor die Haustür. Nach dem Schreck, den uns Dr. Stadler eingejagt hatte, waren wir jetzt erleichtert. Leo Piontek hatte im Krankenhaus mit dem zuständigen Arzt gesprochen und der hatte ihn beruhigt.

»Die Knochen werden heilen«, sagte er beim Abschied zu mir. »Bis dahin müssen wir mal ohne sie auskommen, Hanne. Schaffen wir das?«

»Ja, natürlich«, sagte ich.

»Du bist jetzt ganz allein in der Wohnung«, sagte er. »Du bist noch lange nicht volljährig. Eigentlich müsste ich …«

»Keine Sorge«, sagte ich schnell. »Ich komme schon zurecht. Kochen, einkaufen, putzen. Meine Mutter hat mir eine Menge beigebracht.«

Er lächelte matt, nickte, drückte mir die Hand und ging.

Ich knipste das Licht im Treppenhaus an und stieg die ausgetretenen Stufen hinauf, steckte den Schlüssel ins Schloss der Wohnungstür und öffnete. Das vertraute Quietschen in den Angeln begrüßte mich. An der Garderobe im kleinen Flur hingen Tante Louises Hut und Julias Regenmantel, den sie aus Eitelkeit im letzten Moment doch nicht mit nach London genommen hatte.

Ich machte Licht. Im Flur. In der Küche. In Julias und meinem Zimmer.

Es war niemand da.

Zum ersten Mal in meinem Leben konnte ich das Alleinsein ausprobieren.

35

Meine plötzliche Einsamkeit versetzte mich in eine aufgekratzte Wachheit, in der unmöglich an Schlaf zu denken war. Ich lief durch die Wohnung, von einem Raum in den anderen, stand schließlich auf dem Balkon und blickte über die spärlichen Lichter der Stadt. Der Wind kühlte mein Gesicht. Hell und Dunkel wechselten schnell, wenn Wolken über den Mond zogen. Hin und wieder blinkte ein Stern.

Unter demselben Himmel, irgendwo weit weg, war Julia. Inzwischen hatte sie ihren Adam sicher längst getroffen. Sie wusste nichts vom Unfall ihrer Mutter. Im Küchenschrank links lag der Zettel mit der Telefonnummer von Adams Familie – für alle Fälle. Ich könnte zu Herrn Dr. Stadler gehen, dachte ich, könnte meine Englischbrocken zusammenkratzen und Julia ans Telefon holen lassen. Aber wem würde das helfen? Morgen würde ich Louise fragen, was ich tun sollte. Ich war ziemlich sicher, dass sie Julia nicht würde beunruhigen wollen.

Meine Entscheidung machte mich ruhiger. Julia sollte während ihrer Zeit in England unbesorgt bleiben. Ich versuchte, mir vorzustellen, was sie gerade erlebte. Wie sie Adam wiedertraf. Wie er Julia seiner Familie vorstellte, seiner deutschen Mutter, seinem Vater, seiner Schwester Celia, seinen Freunden. Wie sie dann durch London spazierten, auf dem Balkon von Buckingham Palace vielleicht die junge Königin Elisabeth und Prinz

Philip sahen. Wie sie all die Sehenswürdigkeiten anschauten, von denen Herr Duve so oft geschwärmt hatte: Big Ben, Westminster Abbey, Tower Brigde, St. Paul's Cathedral. Und wie sie dann Hand in Hand am Ufer der Themse entlangbummelten und vielleicht Pläne machten, wann die Hochzeit sein sollte und wen sie dazu einladen würden …

Mir wurde kalt und ich ging in die Wohnung zurück. Als ich an dem großen Bücherregal im Wohnzimmer vorbeiging, fiel mir ein, dass Louise vor ein paar Tagen gesagt hatte, sie wolle endlich mal *Ein Sommernachtstraum* von Shakespeare lesen. Julia, auf dem Sprung zur Uni, hatte über die Schulter gerufen: »Liegt im Schreibtisch irgendwo. Ein Reclamheft.« Louise hatte gesucht, das Heft aber nicht gefunden. Vielleicht würde es sie freuen, wenn ich es ihr morgen ins Krankenhaus mitbrächte.

Also machte ich mich auf die Suche, ging in unser Zimmer, zog eine Schreibtischschublade nach der anderen auf. In der untersten fiel mein Blick auf die Rückseite eines großen Kalenders, vollgeschrieben mit Julias kleiner, gut lesbarer Schrift.

Ich zog den Kalender heraus, drehte ihn um und legte ihn vor mich hin auf die Schreibtischplatte. *Schöne Landschaften. Ein Kalender für das Jahr 1947.* Zwölf Schwarz-Weiß-Fotos, Berge, Seen, das Meer. Friedliche Landschaften. Die Rückseiten aber waren Blatt für Blatt von Julia beschrieben.

Durfte ich einfach …? Die Neugier war stärker.

Ich begann zu lesen:

Donnerstag, 12. April 45
Die Krauts geben nicht auf. Wir müssen die Wälder durchkämmen. Heckenschützen aufspüren. Sie sitzen in ihren Laufgräben. Meinen immer noch, sie müssten ihr Land verteidigen. Wir rollen über schnurgerade

Straßen weiter Richtung Winsen. Die Sherman-Panzer voraus. In den meisten Dörfern hängen weiße Flaggen aus den Fenstern. Die kleine Stadt Winsen, sagt Walker voraus, wird eine harte Nuss.

Die Gegend hier heißt Lüneburger Heide. Schöne Landschaft eigentlich. Muss an Mutter denken. Als junges Mädchen, hat sie erzählt, ist sie von Hamburg aus oft hier gewesen. Zelten, Lagerfeuer, Wandervogelromantik.

Gegen Mittag Dolmetscherauftrag. Ins Hauptquartier der 159. Brigade. Endlich, sagt Howard, die Krauts kapitulieren. Die deutschen Unterhändler werden mit verbundenen Augen in das alte Bauernhaus geführt. Die Deutschen: graue, lange Militärmäntel, Schirmmützen, ernste Gesichter. Oberst Schmidt, der Wortführer, korrekt bis ins Mark. Der andere, Oberleutnant B., mildes Großvatergesicht. Hier in der Nähe, sagt Oberst Schmidt, sei ein »ziviles Haftlager« mit 60 000 Häftlingen, bewacht von ungarischen Soldaten im Dienst der deutschen Wehrmacht. Im Lager sei eine Typhusepidemie ausgebrochen. Käme es zu Kampfhandlungen, bestehe Fluchtgefahr bei den Kranken und somit eine Gefährdung der Zivilbevölkerung – also auch der englischen Soldaten. Vorschlag: Wir sollen nicht in den Bereich des Lagers schießen, die Deutschen schießen nicht von dort hinaus. Die Royal Army soll das Lager übernehmen, die deutschen Soldaten würden sich Richtung Osten hinter ihre Linien zurückziehen. Die Ungarn sollen britische Kriegsgefangene werden. Keine Kapitulation also, nur ein Waffenstillstand für den Bereich des Lagers.

General Horrocks setzt einen Vertrag mit den Bedingungen auf. Die beiden Deutschen werden mit verbundenen Augen wieder zurückgebracht. Kartenstudium der Gegend. Auf unseren Luftaufnahmen kann man nicht erkennen, was in dem Lager los ist. LT Colonel Taylor bekommt den Auftrag, das Lager einzunehmen. Ich soll mich in den nächsten Tagen für Dolmetscheraufgaben zur Verfügung halten.

Spätabends noch mit Howard zusammen. Deutsches Bier. Er will schon wieder das Foto von Celia sehen. Glaube, er hat sich in das Foto verguckt.

Freitag, 13. April 45

Unglückstag. Wir sind noch nicht in der Waffenstillstandszone. Beim Vormarsch auf Winsen gerät der Tank an der Spitze in das Feuer eines 88-mm-Geschützes. Turner schwer verletzt ins Lazarett. Wird aber durchkommen. Wenig später: Truppentransportwagen getroffen. Brennt lichterloh. Daneben der zur Unkenntlichkeit verbrannte Körper des Fahrers. Howard vermutet, es ist Morris, der Bäcker aus Birmingham. Lustiger Kerl, soweit ich mich erinnere. Was für ein sinnloser Tod – so kurz vor dem Ende.

In Winsen Übergabegespräch im Wohnzimmer des Ortsgruppenleiters. Ein weißhaariger, mürrischer alter Mann. Zwei weinende Frauen. Eine Geige auf dem Tisch.

Sonntag, 15. April 45

Gegen Mittag mit Presseleutnant Sington und zwei Fotografen auf dem Lautsprecherwagen Richtung Nordost. Durch duftende Kiefernwälder. Dann Schilder: »Vorsicht, Typhus«.

Auf der Straße vor dem Lager, in Reih und Glied angetreten – 55 SS-Wachen, gut die Hälfte davon Frauen. Der Lagerkommandant heißt Josef Kramer. Ein kantiger Hüne.

Sington: »In welchem Zustand befindet sich das Lager?«

Kramer: »Im Moment sind sie ruhig.«

Warten auf Oberst Taylor. Gespräche hin und her. Kramer warnt uns, ins Lager zu fahren, es könne zu Tumulten kommen. Die Gefangenen seien Homosexuelle und Berufsverbrecher. Ferner Bibelforscher.

Taylor kommt. Kramer grüßt militärisch.

Taylor befiehlt: Alle SS-Aufseher sollen ihre Waffen abgeben.

Kramer: Ohne Waffen wage er sich nicht ins Lager.

Taylor: Sington soll mit seinem Lautsprecherwagen ins Lager fahren, dabei Kramer auf dem Trittbrett mitnehmen.

Mit dabei: Zwei Bewacher für Kramer, der Fahrer und ich. Wir fahren los.

Der vordere Abschnitt des Lagers: SS-Gebäude, offenbar geräumt. Zweihundert Meter weiter: Stacheldrahtsperren, ein hölzernes Tor. Links vom Hauptweg: Holzbaracken. Kotgeruch. Trüber blauer Rauch wie Bodennebel zwischen den Baracken. Menschen in schwarz-weiß gestreifter Sträflingskleidung, mit kahl geschorenen Köpfen. Viele zum Skelett abgemagert. Sie drängen sich an die Stacheldrahtzäune.

Lautsprecherdurchsage auf Englisch, Deutsch, Französisch. Später, mit Hilfe von Lagerinsassen, auch auf Polnisch, Russisch, Niederländisch, Ungarisch. »Sie sind frei! Bleiben Sie im Lager. Wir sorgen für Lebensmittel und medizinische Versorgung, so schnell wir können.«

Verhaltene, ungläubige Reaktionen. Kaum Jubel. Unterdrückte Schreie. Apathische Blicke aus tief liegenden Augenhöhlen.

Im Schritttempo durch die Hölle. Viele Gefangene strömen auf die Lagerstraße.

Kramer: »Jetzt beginnt der Tumult!«

Ein deutscher Wachsoldat feuert eine Gewehrsalve in die Luft, senkt dann den Lauf dicht über die Köpfe der Gefangenen.

Sington springt mit gezücktem Revolver vom Wagen, befiehlt, sofort mit Schießen aufzuhören.

Chaos, Gewaltausbrüche. Ausgemergelte Gestalten dreschen mit Stöcken auf andere ein. Unbändige Wut entlädt sich. Die Geprügelten, erfahren wir später, sind verhasste Kapos: Lagerinsassen, die gegen bessere Verpflegung für die SS gearbeitet haben. Es werden Menschen zu Tode geprügelt.

Die entfesselte Menge stürmt die Küche jenseits der Lagerstraße. An Ordnung ist nicht zu denken.

Wir treffen auch andere: Menschen in noch erträglicher Verfassung,

erst seit Kurzem im Lager: ein holländischer Journalist, polnische Offi-
ziere, ein Arzt aus Budapest, Landarbeiter aus der Ukraine, französi-
sche Studenten, ein deutscher Schriftsteller, ein italienischer Filmregis-
seur. Sie danken den englischen Befreiern. Viele bieten ihre Hilfe an.

Im Frauenlager: Lebende Skelette. Blicke wie aus dem Jenseits. Eine
gespenstische Gestalt am Wegrand reckt die gefalteten Hände zum
Dankgebet gen Himmel. Hundert und mehr Frauen umringen unseren
Wagen, schreien, kreischen. Aus unseren Lautsprechern ist kein Wort
mehr zu verstehen. Einige Frauen reißen junge Zweige von den Birken
und werfen sie auf unseren Wagen. Ein Zweig landet auf Kramers
Schulter. Er wischt ihn ungeduldig weg.

Sington: »Was für eine Hölle haben Sie hier geschaffen!«

Kramer: »Erst in den letzten Tagen ist es so.« Einen Kilometer wei-
ter: Kasernen der deutschen Wehrmacht. Panzerschule. Jetzt Ausweich-
lager für SS-Wachen und 1500 Männer, die erst kürzlich aus dem KZ
Dora-Nordhausen hierhergekommen sind. Jubel bei den Häftlingen.

Oberst Harries, Oberst Taylor, Leutnant Sington. Der deutsche
Oberst Schmidt, jetzt ohne Augenbinde. Versuch einer »offiziellen«
Übergabe des Lagers.

Danach weiter.

Kramer beklagt Plünderungen im Kartoffellager. Dort angekommen:
Eine Frau – gelbes Gesicht, glühende Augen, spindeldürre Arme –
durchwühlt das Stroh auf der Suche nach Kartoffeln. Daneben auf der
Erde: ein übel zugerichteter Mann mit blutüberströmtem Gesicht, von
SS-Wachen misshandelt.

Sington zwingt Kramer mit vorgehaltener Pistole, den blutenden
Mann ins Lazarett zu tragen. Seltsame Befriedigung, den Meister dieser
Hölle erniedrigt zu sehen.

Samstag, 21. April 45

Die Woche ein einziger Albtraum. Keine Zeit für das Tagebuch.

Dantes Hölle ist nichts dagegen. Die SS hat größte Anstrengungen unternommen, ihre Verbrechen zu verbergen. Erst am zweiten Tag entdeckten wir es:

Ein offenes Massengrab, groß wie ein Fußballfeld. Mehrere Tausend menschliche Körper in grausamem Durcheinander. Ganz in der Nähe eine Baracke mit Kindern.

Ein unscheinbares Ziegelsteingebäude: das Krematorium. Davor und daneben: aufgestapelte Leichen.

Hinter den Baracken zwischen Bäumen: nackte menschliche Leichen, weiß schimmernd. Nebeneinander, übereinander. Zehntausend, schätzt Sington. Ekelerregender Verwesungsgeruch.

Überfüllte Baracken. Infernalischer Gestank. Fast alle Insassen krank, viele apathisch, ohne Hoffnung. In den Schlafkojen drei, manchmal vier Menschen. Manche auf der Erde liegend. Tote dazwischen. Als Latrinen nur Gräben hinter den Baracken. Kann man Menschen noch mehr erniedrigen?

Diese Hilfsaktion ist eine vollkommen neue Aufgabe für uns. Wir sind dafür ausgebildet, einen Feind zu bekämpfen. Der Feind hier heißt: Fleckfieber, Typhus, Ruhr, Durchfall, Tuberkulose, Hunger, Durst, Verzweiflung, Hoffnungslosigkeit.

Immer noch sterben täglich mehrere Hundert Menschen. Unsere Hilfe scheint wirkungslos.

Seit einer Woche ist ein Krankenhaus in der ehemaligen Panzerkaserne eingerichtet. Medizinisches Oberkommando: Brigadier Glenn-Hughes.

Der Plan:

1. Beschaffung von sauberem Wasser und Lebensmitteln

2. Beerdigung der Toten

3. Evakuierung des Lagers

4. Einrichtung von Krankenstationen

5. Entlassung der Gesunden

36

Weiter konnte ich nicht lesen. Ich stand auf, presste die Augen zusammen. Aber ich konnte es nicht mehr von mir fernhalten, nicht mehr verscheuchen.

Wenn das alles wirklich passiert war …

Da stand es in der schönen, gut lesbaren Handschrift meiner besten Freundin. Kein Zweifel, von wem die Tagebuchaufzeichnungen stammten.

Ich lief durch die hell erleuchtete Wohnung von einem Raum in den anderen. Mein Alleinsein war plötzlich zum Albtraum geworden.

Wir seien auf der Seite des Guten, des Fortschritts, hatten sie uns erzählt. *Mit uns zieht die neue Zeit,* hatten wir gesungen. Der Krieg sei gerecht und müsse eben sein, hatten wir geglaubt. Und jetzt: *Massengräber, Leichenberge, Unmenschlichkeit.* Unser Glaube war von Anfang an vergiftet gewesen.

Aber hatte ich es nicht schon lange gewusst? Hatte ich es nur nicht an mich heranlassen wollen? Wut stieg in mir auf, Wut auf mich selber. Wut und Scham. Ich hätte es wissen können. Hätte ich auf Julia gehört. Auf Louise. Auf meine Eltern. Warum hatte ich nicht weiter gefragt? Warum die Wahrheit nicht wissen wollen?

Warum hatte Julia mir Adams Tagebuch nicht gezeigt? Warum hatte sie nicht mit mir darüber gesprochen?

Da war ein schwarzer Fleck auf unserer Freundschaft. Verdrängt und vergessen. Im Winter 43 war das gewesen. Ich hatte mir so sehr gewünscht, dass Julia mitkäme zu unserem BDM-Heimabend bei Möllenkamps. Ich wollte so gern, dass sie sah und hörte, worüber wir redeten, was wir sangen und dass wir Gutes im Sinn hatten, nur harmlos und fröhlich waren. Wenn sie einmal dabei ist, hatte ich damals gedacht, wird sie vielleicht wieder mitkommen, vielleicht sogar mitmachen. Zwölf war ich damals, mit Abstand die Jüngste in der Gruppe.

»Ich weiß nicht, Hanne«, hatte Julia gesagt. »Ich habe eine Hakenkreuz-Allergie. Die lässt sich nicht kurieren.« Auf mein Drängeln aber hatte sie mir schließlich doch den Gefallen getan und war mitgekommen.

Es wurde ein Unglücksabend. Julia saß in der Ecke, sagte kein Wort, beobachtete uns nur. Die anderen ließen sie links liegen. Sie wollten nichts von ihr wissen, aber ich spürte doch, wie Julias Anwesenheit vor allem Mechthild dazu anspornte, mit nationalsozialistischen Parolen um sich zu werfen. Mit Seitenblick auf Julia verlas Mechthild die »Zehn Gebote für die Gattenwahl«:

1. Gedenke, dass du ein Deutscher bist!
2. Du sollst, wenn du erbgesund bist, nicht ehelos bleiben.
3. Halte deinen Körper rein.
4. Du sollst Geist und Seele rein halten.
5. Wähle als Deutscher nur einen Gatten gleichen oder nordischen Blutes.
6. Bei der Wahl deines Gatten frage nach seinen Vorfahren.
7. Gesundheit ist Voraussetzung auch für äußere Schönheit.
8. Heirate nur aus Liebe.

9. Suche dir keine Gespielen, sondern einen Gefährten für die Ehe.
10. Du sollst dir möglichst viele Kinder wünschen.

Auf dem Nachhauseweg fragte Julia: »Glaubst du wirklich an diese zehn Gebote?«

»Wieso nicht?«, antwortete ich. »Was ist denn falsch daran? Heiraten aus Liebe, das ist doch gut.«

»Denk mal nach«, sagte Julia. »Aus Liebe bekommst du dann möglichst viele Kinder, die sich für das Vaterland totschießen lassen.«

Es war das erste und einzige Mal, dass ich wütend auf sie war. »Ihr Besserwisser!«, platzte es aus mir heraus. »Ihr wollt nur keine Opfer bringen für das Vaterland! Ihr seid schuld, wenn wir den Krieg verlieren!«

Das hatte sie getroffen. Ich war, wie oft nach BDM-Abenden, erfüllt von all den Liedern und stolzen Reden und ärgerte mich über Julias Dickköpfigkeit. Wir sprachen den ganzen Abend kein Wort mehr miteinander, und auch als sie und ihre Mutter am nächsten Tag wieder in die Stadt zurückfuhren, stand das Zerwürfnis weiter zwischen uns.

Über den verunglückten Abend bei Möllenkamps und über die »Zehn Gebote zur Gattenwahl« haben wir nie wieder gesprochen.

Ohne es gemerkt zu haben, stand ich wieder auf dem Balkon und atmete tief die Nachtluft ein. Meine Verstörung legte sich allmählich. Ich fühlte mich stark genug, schloss das Fenster, ging in unser Zimmer zurück, setzte mich an den Schreibtisch und beugte mich wieder über Julias Schrift auf der Rückseite der Kalenderblätter mit den schönen Landschaftsbildern.

Samstag, 28. April 45

Als Co-Dolmetscher bei den Verhören der SS-Wächter. Ursprünglich waren 300 Wächter im Lager. 245 haben sich abgesetzt, als klar war, dass die Royal Army das Lager übernehmen würde. Kramer erst seit Dezember 44 Lagerkommandant. Vorher war er, wie viele der anderen 55 Frauen und Männer, Aufseher in Auschwitz-Birkenau. Auschwitz – ein Vernichtungslager weit im Osten. Die Nazis haben dort systematisch Menschen ermordet. Juden vor allem. In Gaskammern. Wie am Fließband. Mehrere Millionen Menschen. In Viehwaggons wurden sie dorthin transportiert. Josef Kramer hat dort an der Rampe gestanden, hat entschieden, wer vorerst am Leben bleiben und wer gleich in die Gaskammer geschickt werden sollte.

Seit dem Vormarsch der Roten Armee in Richtung Westen haben die Nazis ihre Konzentrationslager im Osten geräumt. Viele Tausend Menschen sind auf langen Todesmärschen Richtung Westen getrieben worden. Viele hierher, in das Lager Bergen-Belsen mitten in Deutschland.

Oberst Taylor beim Verhör der SS-Wächter: Ob sie denn keine Verantwortung für ihre Gräueltaten empfinden?

Antwort: Achselzucken bei Frauen wie bei Männern. Sie hätten ihre Befehle gehabt, sagen sie. Sie hätten nur ihre Pflicht erfüllt. Sie haben keine Schuld, sagen sie.

Auf Taylors Befehl mussten die SS-Wächter die überall herumliegenden Leichen in die neuen Massengräber schleppen. Haben sie getan. Stoisch, ohne erkennbare Gefühle. Warum sind sie geblieben? 55 von 300?

Howard sagt, die 245, die sich aus dem Staub gemacht haben, hätten vielleicht doch so was wie ein Schuldgefühl. Ich weiß nicht. Vielleicht lachen sie sich auch nur ins Fäustchen und leben weiter als Nazis.

Zu Hause in London tun sie sich schwer, zu glauben, was hier passiert ist. Und die Deutschen wollen es nicht wissen. Trotzdem stehen sie in Scharen draußen am Zaun und glotzen ins Lager. Bürgermeister und

Prominente aus der Gegend müssen zwangsweise zusehen, wie die SS-Wächter die Leichen befördern. Wie die Leichen mit Bulldozern in die Gräber geschoben werden. Keiner soll sagen können, er hätte es nicht gewusst.

Die SS-Wächter sollen verhaftet und ins Gefängnis nach Celle gebracht werden. Irgendwann soll ein Prozess gegen sie stattfinden.

Mittwoch, 2. Mai 45

HITLER DEAD! Sonderausgabe für britische Soldaten: In Riesenlettern wird Hitlers Tod verkündet. Auch Goebbels hat sich umgebracht. Dazu seine Frau und seine sechs Kinder.

Marineadmiral Dönitz neuer Reichskanzler. Will den Krieg weiterführen! Die Rote Armee schon mitten in Berlin. Hamburg, Dresden, Köln – ihre Städte zerstört. Ihre Ehre verloren. Was wollen die Deutschen noch verteidigen?

Dienstag, 8. Mai 45

Endlich! Sie haben kapituliert. Der Krieg ist aus. Unbeschreiblicher Jubel. Artillerieoffiziere feuern Salut. Wir feiern mit den Medizinstudenten aus London, die seit ein paar Tagen im Lager sind. Grünschnäbel ohne Kriegserfahrung. Howards Vetter dabei. Einer will nach Berlin trampen. Wirrkopf, aber nett. Hören zusammen die Ansprache von König Georg IV fast ohne Störsender. Singen »Eskimo-Nell« und »It's a long way to Tipperary«, trinken. Verpassen Churchills Ansprache. Verbrüderung mit den jungen Medizinern aus der Heimat. Ziemlich betrunken. Erster Tag im Frieden: mit dickem Kopf.

Donnerstag, 17. Mai 45

Nicht mehr zu übersehen: Das Leben holt auf im Wettlauf gegen den Tod. Die tägliche Sterberate sinkt. Viele haben sich zusammengetan und den Kampf gegen den Tod aufgenommen: britische Soldaten, frei-

willige Helfer von überallher, Lagerinsassen, die noch bei Kräften sind,
unter ihnen Krankenschwestern, Ärztinnen und Ärzte aus Budapest,
Prag, Warschau, Moskau, Paris, Berlin. Manche mit langer KZ-Ge-
schichte. Unsere vereinigte internationale Armee gegen den Tod.

Sonntag, 20. Mai 45
Sonntagvormittag auf dem Kasernengelände. Sonne, Frühling.
Plötzlich schiebt sich eine Kinderhand in meine. Ein Junge. Vier oder
fünf Jahre. Sieht zu mir hoch und redet wie ein Wasserfall. Polnisch
wahrscheinlich. Ich verstehe kein Wort, gehe vor ihm in die Hocke und
frage auf Englisch, auf Deutsch nach seinem Namen. Er legt seine Arme
auf meine Schulter. »Luba«, flüstert er mir ins Ohr.

Luba ist einer der Engel in dieser Hölle. Sie kümmert sich um die
elternlosen Kinder hier. Ich nehme den Jungen an der Hand und wir
gehen zu ihr. Er rennt auf sie zu, sie fängt ihn auf und dreht sich mit
ihm im Kreis. »Jan«, ruft sie. »Jannemann, wohin hast du dich verirrt?«

Schwester Luba aus Warschau leitet hier das Kinderhaus. In Ausch-
witz haben sie ihr das eigene Kind aus den Armen gerissen und ermor-
det. Auch ihren Mann haben sie umgebracht.

Morgen ist mein letzter Tag in Bergen-Belsen. Bin abkommandiert
in die Provinz. Dolmetschen in einem gottverlassenen Kaff irgendwo
südöstlich. Seltsamer Abschiedsschmerz von diesem Schreckensort, jetzt,
wo es aufwärts geht. Als würde ich um den Lohn betrogen.

Montag, 21. Mai 45
Totengedenken. Rabbi Leslie Hardman spricht das Kaddisch über
dem offenen Massengrab. Rede von Oberst Bird. Hissen den Union Jack
als Zeichen der Befreiung. Ende von Nazideutschland.

Flammen. Rauch. In feierlicher Zeremonie wird die letzte pestver-
seuchte Baracke, Block 44 im kleinen Frauenlager, verbrannt. An den
Barackenwänden Plakate: Hakenkreuz, Eisernes Kreuz, die Fratze von

Adolf Hitler. Die Flammenwerfer bereiten dem allen ein Ende. Jubel bei Soldaten und Lagerinsassen.

Meine Zeit in Bergen-Belsen: ein Monat, eine Ewigkeit. Wie nie zuvor weiß ich, wo mein Platz ist. Zu wem ich gehöre.

37

Geschlafen hatte ich wenig, geträumt hatte ich viel – fieberhaft und unruhig. Ich schleppte alles mit aus dem Haus in die Schule und grübelte den ganzen Vormittag lang über meine wilden Traumbilder nach.

Mit Helmut an der Hand war ich durch einen fremden Wald gegangen. Aber Helmut, mein Zwillingsbruder, war ein kleiner Junge von vier oder fünf Jahren und ich war siebzehn. Wir liefen durch einen dunklen Kiefernwald. Über uns jaulte der grässliche Ton einer Sirene. Wir konnten nicht sehen, wohin wir unsere Füße setzten, weil über dem Waldboden ein trüber blauer Nebel waberte. Unsere Hände klebten schweißfeucht aneinander. Plötzlich trat ich in ein tiefes Erdloch. Etwas zog mich hinunter. Aber Helmut mit seinen vier oder fünf Jahren kam mir zu Hilfe, rettete mich, und da sah ich, dass es gar nicht Helmut war, es war Jan Jakumeit. Er zeigte auf eine Gruppe schemenhafter Gestalten, die nicht weit von uns zwischen den Baumstämmen davonhuschten. Ich glaubte, Menschen aus unserem Dorf zu erkennen. Da lief Siggi Hagemann mit dem halb verbrannten Gesicht. Hinter ihm sein Freund Armin Kornrumpf, der tot war. Und dann die Mädchen. Mechthild Möllenkamp, Gudrun Sonnemann, Waltraud Dietrich. Hinter allen, mit ausgebreiteten Armen, Kurt Hagemann, der Ortsbauernführer.

Seine Arme wuchsen, wurden lang und länger, wurden so lang, dass sie nach mir greifen konnten. Er trennte mich von Jan und versuchte, mich in die Gruppe der Mädchen zu schieben. Ich duckte mich, entkam den Krakenarmen nur knapp und stand plötzlich ganz allein in dem unheimlichen Wald. Die Gestalten zwischen den Bäumen waren verschwunden.

Mit einem Schlag war es totenstill. Der bläuliche Nebel lichtete sich, die Sonne schien. Aber es war kälter als vorher. Es war eine Kälte, die aus meinem Inneren kam. Als würde ich zu Eis gefrieren. Hilflos spürte ich, wie die Wärme aus meinem Körper wich.

Da sah ich es. In dem Erdloch, in das ich getreten war, lagen Leichen. Zum Skelett abgemagerte Leichen.

Mit diesem Anblick wich das letzte Gefühl aus mir. Ich stand da wie angefroren. Erstarrt. Unbeweglich. Ich lauschte auf Befehle, die mich wieder in Gang setzten würden. Aber es kamen keine Befehle. Alle Welt hatte mich verlassen.

Auf der schnurgeraden Straße durch den Wald näherte sich eine Kolonne englischer Panzer. Auf dem ersten Fahrzeug standen Adam und Julia und schwenkten den Union Jack, die englische Flagge. Sie winkten mir zu. Ich wollte etwas rufen, aber ich brachte keinen Ton über die Lippen.

Als sie vorüber waren, flackerte es rot hinter den Bäumen jenseits der Straße. Rauch stieg auf. Das Feuer wuchs schnell in die Höhe, fraß sich durch den Wald auf mich zu. Seltsamerweise aber hatte das Feuer nichts Bedrohliches. Im Gegenteil, es wärmte mich und ich spürte, wie sich meine Erstarrung langsam löste. Hinter der Feuerwand hörte ich Stimmen, vertraute Stimmen. Meine Mutter, meinen Vater, Helmut. Tante Lina, Onkel Karl, Julia, Louise, Leo Piontek. Ich wollte zu ihnen, sprang auf die Straße, rannte auf das Feuer zu …

Wieder aus der Schule zurück las ich Adams Tagebuch noch zwei- oder dreimal. Ich war jetzt stark genug, all das Unfassbare an mich heranzulassen. Begreifen konnte ich es nicht, aber ich wollte es wissen, alles.

Am Nachmittag sprach ich im Krankenhaus mit Louise darüber.

»Julia hat sein Tagebuch ins Deutsche übersetzt«, sagte sie. »Ich habe es abgetippt und wir haben es an die Zeitung gegeben. Aber der Redakteur hat gesagt, es wäre zu früh. So was wolle jetzt niemand lesen.«

»Warum hat Julia mir das nicht gezeigt?«

»Frag sie selber«, sagte Louise. »Vielleicht hat sie gedacht, du stehst immer noch auf der anderen Seite.«

Das tat weh.

38

Nur noch eine Nacht verbrachte ich in der Wohnung. Am nächsten Tag kamen meine Eltern mit dem Mittagszug und holten mich von der Schule ab. Um fünfzehn Uhr gingen wir zusammen ins Krankenhaus.

In dem kleinen Krankenzimmer wurde es eng. Louises Bett war schon umlagert von zwei Freundinnen, Herrn Großkopf aus der Buchhandlung und natürlich von Leo Piontek. Louise gehörte jetzt ganz den Erwachsenen und ich hörte ihnen zu. Sie redeten und lachten, machten Pläne für die Zeit nach dem Krankenhausaufenthalt, niemand sprach von der Vergangenheit. Bevor ich mit meinen Eltern zum Bahnhof ging, nahm ich Leo Piontek das Versprechen ab, mich am Sonntag mitzunehmen, wenn er Julia vom Flugplatz abholen würde.

Dass meine Eltern mich nicht allein in der Wohnung lassen wollten – »ein siebzehnjähriges Mädchen in diesen Zeiten« –, fand ich übertrieben besorgt. Noch aus einem anderen Grund war ich enttäuscht. Im Park hatte ich mich mit Gunnar getroffen und hatte ihm von Louises Unfall und von Adams Tagebuch erzählt. »Mensch Hanne«, hatte er gesagt. »Darüber müssen wir reden.« Dann, halb im Scherz: »Heute kann ich nicht. Aber morgen. Wenn du eine sturmfreie Wohnung hast, komme ich. Bratkartoffeln und Spiegeleier kann ich.« Vielleicht würde er ja tatsächlich kommen. Dann stünde er vor verschlossener Tür.

Trotzdem war es zu Hause nicht schlecht. Es war ein unerwartet milder Abend und nach der Albtraumnacht tat mir die vertraute Umgebung gut. Ich spürte, dass alle sich freuten, dass ich da war, Onkel Karl, Mutter und Vater. Nach dem Abendessen saßen wir noch lange am Küchentisch zusammen.

Ich erzählte von Adams Tagebuch. Von dem Konzentrationslager Bergen-Belsen. Den dreihundert Aufsehern und Aufseherinnen.

»Jetzt kommt es an den Tag«, sagte Onkel Karl. »Was hinter dem Gebrüll stand und all dem völkischen Gerede, dem Judenhass und dem Ariergeschwafel – das schiere Verbrechen!«

»Es stand in der Zeitung«, sagte Vater. »Auch im Radio haben sie es gebracht. Es gab einen Prozess in Lüneburg gegen die Aufseher in Bergen-Belsen. Elf Todesurteile. Bis zum Schluss haben die gesagt, sie hätten keine Schuld. Hätten nur gemacht, was ihnen befohlen war.«

Ich erschrak. Elf Todesurteile – dafür, dass sie gehorsam gewesen waren, dass sie an den Nationalsozialismus geglaubt hatten wie wir.

»Was hättet ihr denn gemacht?«, fragte ich in die Runde. »Wenn sie euch befohlen hätten, so was zu tun?«

Ratlosigkeit, Achselzucken. Onkel Karl sagte: »Für so was haben sie doch nur die ausgesucht, von denen sie wussten, dass sie dazu fähig sind.«

Später dann lag ich in meiner kleinen Kammer und starrte lange an die Decke. Wann ist jemand »dazu fähig«, wie Onkel Karl gesagt hatte? Wann hat er den Mut, es nicht zu tun? Die Wächter in den Konzentrationslagern waren doch auch Menschen, keine Maschinen. Wie ist das gekommen, dass sie so gefühllos, so grausam …

Es klopfte an meiner Kammertür. Mutter kam herein. Sie

setzte sich auf die Bettkante. Mit ihrer rauen Hand strich sie mir über die Haare, über die Wange.

»Hanne«, sagte sie. »Meine Große.«

Ihre Augen waren tränenfeucht. Aber nicht nur Traurigkeit stand darin zu lesen.

»Du gehst jetzt deine eigenen Wege«, sagte Mutter. »Das ist auch gut so. Als ich in deinem Alter war, da bin ich von zu Hause weg. Bin in Stellung zu den Hoffmanns in der Stadt. Zu Hause, du weißt ja, das war schlimm. Mein Vater, der Tyrann. Ich habe dann Glück gehabt, dass wir uns gefunden haben, der Paul und ich. Die Hoffmanns, das sind gute Leute. Deine Großmutter, Gott hab sie selig, so eine Gute … Und Onkel Karl, Tante Lina. Halt dich an solche Menschen, Hanne. Es müssen nicht unbedingt Studierte sein …«

Sie lachte. »Aber was rede ich. Schaden tut's ja nicht, das mit den Büchern. Guck deinen Vater an. Du weißt ja, was ich meine …«

Ich nickte, richtete mich auf, schlang meine Arme um sie und kuschelte mich an sie. »Mama«, flüsterte ich. »Ich bin so froh, dass ich euch habe.«

39

Mit Leo Piontek fuhr ich am Sonntagmorgen zum Militärflugplatz der englisch-amerikanischen Besatzungsmacht. Von hier flogen täglich die »Rosinenbomber« nach Berlin ab, um den Westteil der Stadt mit Lebensmitteln zu versorgen.

Wir mussten uns durchfragen und hatten schnell das Gefühl, im Wege zu sein. Leo Pionteks Englisch war nicht besser als meins, aber gemeinsam schafften wir es schließlich doch bis in die Nähe der Landebahn, auf der Julias Maschine um 14.55 Uhr ankommen sollte. Wir waren die einzigen Zivilpersonen hier. Ein Soldat schickte uns zum Warten hinter eine mit Bändern gekennzeichnete provisorische Absperrung. Die Maschine habe vermutlich eine halbe Stunde Verspätung, sagte er.

Leo Piontek war schon mit seltsam hochgezogenen Schultern und eingezogenem Kopf über den Flugplatz geschlurft. Als das Dröhnen einer zur Landung ansetzenden Maschine lauter wurde, presste er die Hände gegen seine Ohren. Er zitterte. Dann wurde das Motorengeräusch leiser, blieb schließlich ganz aus, und er entspannte sich langsam. Verlegen sah er zu mir her.

»Tut mir leid, Hanne«, sagte er. »Es ist …«

Mit einem Schlag wurde mir klar, was in ihm vorgehen musste. Ohne nachzudenken, fasste ich ihn am Arm.

»Die Flugzeuge«, sagte er. »Es sind dieselben Flugzeuge …«

Ich nickte.

»Der Krieg ist aus«, sagte ich.

»Ich weiß.« Leo Piontek seufzte tief. »Ich weiß, Hanne. Aber hier drin ...« Er legte die Hand auf seine Brust. »Hier drin ist er immer noch. Wird er immer bleiben.«

Wir standen schweigend nebeneinander, und nach einer Weile legte er seinen Arm auf meine Schulter und ich strich ihm über den Rücken. Einen Moment lang standen wir auf dem englisch-amerikanischen Militärflugplatz wie ein Liebespaar, Schülerin und Lehrer. Wenn uns jemand aus der Schule gesehen hätte, hätte es vielleicht einen Skandal gegeben.

Wir warteten, starrten in den milchig grauen Herbsthimmel, doch das Flugzeug mit Julia wollte nicht auftauchen. Zwei-, dreihundert Meter entfernt konnten wir beobachten, wie ein Flugzeug beladen wurde. Männer in Kampfanzügen bildeten eine Schlange, und Kisten, Kästen und Säcke wanderten von einem Lastwagen herunter durch die Reihe der Männer bis zur hochgeklappten Luke im Flugzeugbauch.

Wir waren inzwischen ziemlich durchgefroren und traten von einem Bein auf das andere. Endlich kam ein Geräusch näher, wie Wespensummen erst, dann steigerte es sich zu einem Dröhnen. Vor uns tauchte das Flugzeug aus den Wolken auf und setzte holpernd auf der Landebahn auf, rollte auf uns zu und kam kaum hundert Meter vor uns zum Stehen. Es war eine kleine Maschine. Hinter dem Cockpitfenster konnte man schemenhaft den Piloten erkennen. Die Propeller links und rechts vor den Flügeln rotierten langsamer und kamen zum Stillstand.

Ich war noch nie geflogen. Allein die Vorstellung, dass Julia mit diesem kleinen künstlichen Vogel aufgestiegen, über Land und Meer geflogen und jetzt hier vor unseren Augen wieder auf der Erde gelandet war, machte mir Bauchkribbeln. Vor Aufregung wäre ich am liebsten um die provisorische Absperrung herum auf das Flugzeug zugelaufen, aber Leo Piontek hielt mich zurück.

Auf der Herfahrt im Zug hatte er mir die Ansichtskarte gezeigt, die Julia aus London geschickt hatte und die gestern angekommen war. Was sie geschrieben hatte, klang begeistert. Sie sei herzlich aufgenommen worden von Familie Bennett. London und seine Sehenswürdigkeiten hatten sie beeindruckt: Big Ben, Buckingham Palace, Westminster Abbey, Tower Bridge. Sie hatten einen Ausflug nach Oxford gemacht. Die Karte war eng beschrieben, quoll fast über vor Mitteilungsdrang. An die Ränder gequetschte Unterschriften: Adam, Sarah, Celia, Howard, Robert, Jane. Gestern war es Leo Piontek endlich gelungen, eine Telefonverbindung nach London zu bekommen. Julia habe fröhlich und ausgelassen geklungen, sagte er, es habe ihm leidgetan, ihre gute Stimmung mit der Nachricht vom Unfall ihrer Mutter dämpfen zu müssen.

Zuerst stiegen drei Uniformierte aus dem Flugzeug, dann kam Julia. Sie blieb auf der obersten Stufe der kleinen Treppe stehen, sah sich um, warf ihre langen blonden Haare in den Nacken und winkte uns zu. Einer der Soldaten hielt ihr galant die Hand hin, half ihr über die Treppe und verabschiedete sich mit Handkuss von ihr.

Lachend kam Julia auf uns zu, umarmte ihren Stiefvater, umarmte mich, sprühte vor Glück. Kein Zweifel, dachte ich, etwas muss da drüben in England passiert sein, etwas Wunderbares. Julia war voll davon.

»Wie geht es Mutter?«, fragte Julia.

Leo Piontek beruhigte sie. »Sie wollte nicht, dass ich dir von ihrem Unfall erzähle«, sagte er.

»Man darf euch nicht allein lassen«, scherzte Julia in ihrer euphorischen Stimmung.

In einem klapprigen alten Omnibus fuhren wir über Straßen voller Schlaglöcher zum Bahnhof. Julia und ich saßen nebeneinander, Leo Piontek hinter uns. Während wir kräftig durchgeschüttelt wurden, erzählte mir Julia von ihrem Glück.

»Stell dir vor, Hanne«, sagte sie und versuchte, sich gegen das laute Motorengeräusch zu behaupten. »Stell dir vor, wenn alles gut geht, werde ich im nächsten Jahr in England studieren!«

»Toll«, sagte ich. »Adam ist großartig«, sagte Julia. »Er hilft mir in allem. Sie haben mich aufgenommen, als gehörte ich zur Familie! Sein Vater ist ein hohes Tier an der Universität. Er will alle Hebel in Bewegung setzen, damit es klappt mit meinem Studium in England nächstes Jahr. Ich kann bei ihnen wohnen, stell dir das vor! Sie helfen mir mit dem Visum und all dem Papierkram. Seine Mutter ist Deutsche, weißt du ja. Sie sagt, sie freut sich, wieder mal Deutsch sprechen zu können. Obwohl sie im Krieg gedacht hat, sie will das nie wieder. Auch die anderen sind nett, Adams Schwester Celia und ihre Freundin Sarah, dann Howard, Robert und Jane. Es ist einfach unbeschreiblich! Dabei geht es ihnen da drüben in England schlechter als uns. Sie haben immer noch Lebensmittelkarten.«

Julia war glücklich. Es sprudelte nur so aus ihr heraus. Sie erzählte und erzählte und ich spürte ihre Freude in jedem Wort. Die Schlaglöcher sorgten dafür, dass unsere Schultern immer wieder gegeneinanderstießen. Wir waren so ausgelassen und albern wie schon lange nicht mehr.

»Ihr seid schuld, Hanne«, sagte Julia lachend. »Du und Helmut!«

»Wieso?«

»Ohne euch hätte ich Adam nie kennengelernt.«

»Genau! Und zur Hochzeit müsst ihr uns einladen. Mit gläserner Kutsche und so.«

»Klar«, sagte Julia. »Du wirst meine Brautjungfer.«

»Oh je. Wozu denn das?«

»Brautjungfern vertreiben die bösen Geister. Und sorgen dafür, dass alles gut wird.«

»Wenn das so ist – das mach ich!«

Dann schwiegen wir und ich sah aus dem Fenster in die vorbeifliegende Herbstlandschaft. Wie leicht das Leben sein konnte, dachte ich, wie wunderbar.

40

Auf die Freude folgten Trauer und Wehmut. Im November starb Onkel Karl. Still und ohne vorherige Anzeichen verschwand er aus unserem Leben. An einem Montagmorgen erschien er nicht zum gemeinsamen Frühstück in der Küche. Mutter fand ihn tot in seinem Bett. Auf seinem Gesicht, sagte Mutter, sei ein Lächeln stehen geblieben, als freue er sich, zu seiner Lina zurückzufinden.

In seinem Testament hatte Onkel Karl sein Vermögen und den Hof Vater vererbt. Auch in seinem letzten Willen war er der gütige, wohlwollende Mensch, der er im Leben gewesen war. Er wolle nicht, stand ausdrücklich im Testament, dass uns das Erbe zur Last würde. Er sei uns dankbar für die gemeinsame Zeit, für Vaters Verzicht und sein Bemühen, Bauer zu werden. Aber er stelle es ihm nun frei, den Hof nach seinem Tod zu verkaufen. Wichtiger als aller Besitz, schrieb Onkel Karl, seien ihm Wohlergehen und Glück der Familie Hoffmann und ihrer Nachfahren.

Onkel Karls Tod veränderte das Leben unserer Familie. Mit Schrecken wurde mir klar, wie viel ich durch mein Fortsein nicht mitbekommen hatte. Unter den Erwachsenen im Dorf gab es Zwist zwischen denen, die wieder alles so wollten, wie es früher war, und denen, die Neues wollten. Vater hatte sich im Gemeinderat mit den Großbauern angelegt. Die sahen in ihm nicht ihresgleichen und lehnten seine »neumodischen Ideen« ab. Seit die Engländer das Dorf verlassen hatten, waren die Stimmen derer wieder lauter geworden, die im Nationalsozialismus das Sagen gehabt hatten. Für manche war Vater ein »Nestbeschmutzer« und »Vaterlandsverräter«. Bürgermeister Bohnekamp war zurückgetreten, weil er wie Vater gegen die Macht der Großbauern im Dorf war. Der Streit zwischen Vater und seinem ehemaligen Freund Kurt Hagemann war wieder neu entflammt, heftiger als zuvor. Seit Onkel Oswald mit Tante Erna bei Hagemanns wohnte, hetzte er gemeinsam mit dem ehemaligen Ortsbauernführer gegen Vater.

Mutter wollte diese Gemeinheiten, die im ganzen Dorf die Runde machten, nicht auf ihm sitzen lassen. Beim Einkaufen im Dorfladen hatte sie Frau Möllenbeck zur Rede gestellt. Der Erfolg war, dass sie auch noch von zwei weiteren Frauen beschimpft wurde. Sie sei gar keine richtige Bäuerin, sagten sie. Eine Dahergelaufene sei sie. Ihr Vater, das wüssten doch alle, sei ein verkommener Säufer und Schuldenmacher gewesen, der seine Frau ins Grab gesoffen habe. Und sie habe sich bei günstiger Gelegenheit den Paul, den Büchernarren, geangelt und spiele sich nun als was Besseres auf.

»Du bist und bleibst eine Dienstmagd«, hatte sich Frau Dietrich ereifert. »Auch wenn du dich noch so aufspielst. Eine Bäuerin wirst du nie!«

»Den Feinden schöntun!«, hatte die Möllenkamp gegiftet, »Das kann die Hoffmann-Sippe. Sogar den alten Karl haben sie damit angesteckt.«

»Und Oswald und Erna, eigen Fleisch und Blut, haben sie aus dem Haus geekelt!«, hatte die Großbäuerin Witte noch dazugegeben.

Noch nie hatte ich Mutter so wütend gesehen. Die ständigen

Erniedrigungen hatten sie zermürbt. In langen nächtlichen Gesprächen hatte sie mit Vater hin und her überlegt. Dann die Entscheidung: Wir gehen in die Stadt zurück.

Bei Onkel Karls Beerdigung waren nicht so viele Menschen wie bei Tante Lina. Beim Leichenschmaus auf dem Saal des Gasthofs *Zur Linde* blieben viele Plätze leer.

Pastor Lorenz, ein langjähriger guter Freund von Onkel Karl, bedrängte Vater, sich nicht vom verhängnisvollen alten Geist aus dem Dorf treiben zu lassen. »Was soll denn hier werden«, sagte er, »wenn die gehen, die Neues wollen?«

»Wir brauchen dich, Paul«, sagten auch Herr Bohnekamp und der Müller Apel.

Vater wehrte ab. »So wichtig bin ich nicht. Und Talent zum Politiker habe ich keins. Wer weiß, ob ich je ein richtiger Bauer geworden wäre. Jeder da, wo er hingehört. Am Ende gehöre ich doch zu den Büchern. Die vier Jahre Landwirtschaft bereue ich nicht. Aber ich bin meinem Onkel dankbar dafür, dass er mir das Allerwichtigste hinterlassen hat: die Freiheit nämlich, das zu tun und zu lassen, wonach mir im Innersten ist. Geld und Besitz – gut und schön. Das braucht man wohl. Aber wichtiger ist doch, dass man das tut, was man kann und will.«

Vaters Freunde murrten, aber umstimmen konnten sie ihn nicht.

Am Abend der Beerdigung ging ich allein über den Hof, besuchte Kühe und Schweine im Stall, streichelte das warme Fell der alten Katze, kraulte dem neuen Hofhund den Nacken. Dann ging ich den langen buchsbaumgesäumten Gartenweg bis zu der Bank, von der unsere Eltern erzählt hatten, dass sie sich darauf verlobt und sich versprochen hatten, gemeinsam durchs Leben zu gehen. An so vielen Ecken und Winkeln hier hingen Erinnerungen und Geschichten, und ich konnte mir gar nicht vorstellen, dass schon bald andere Menschen hier leben und arbeiten würden.

Die Bank war feucht. Eine dünne Decke vom ersten Schnee lag über der Landschaft. Ich wischte einen Platz frei, setzte mich, blickte über den von Mutters Hand winterfest gemachten Garten und wusste, dass in der Dunkelheit dahinter die Wiesen waren, der Bach und der Wald.

All das Vertraute würde ich vermissen, das spürte ich schmerzlich. Mitnehmen konnte ich nichts. Oder doch? Waren die Erinnerungen nicht auch etwas, das zu mir gehörte? Die guten wie die schlechten? Waren nicht gerade die Erinnerungen das Einzigartige, das Unverwechselbare, das nur mir gehörte?

1949
DIE NEUE ZEIT

41

So viele Abschiede, so viele Anfänge.

Das Jahr 1949 brachte für meine Familie und mich eine Reihe von Veränderungen. Ich erinnere mich daran wie an ineinanderfallende Bilder in einem Kaleidoskop. Was wir damals alle nicht wussten und auch nicht zu hoffen gewagt hätten: Für uns begann die längste Zeit des Friedens und des wachsenden Wohlstandes, die es jemals in Deutschland gegeben hat. Äußerlich war davon noch wenig zu sehen. In den großen Städten gab es immer noch Trümmer und Schutt und nicht wenige Menschen litten bittere Not. Für die Flüchtlinge und Vertriebenen, für die Displaced Persons, für die, die die Konzentrationslager überlebt hatten, auch für viele aus dem Krieg zurückgekehrte Soldaten war der Anfang in der neuen Zeit viel schwerer als für uns.

Mitte März stand es fest: Das Land, das zum Bauernhof Hoffmann gehörte, war an den Domänenbesitzer Wellhausen verkauft, und in unser Haus würde der junge Tierarzt Küster mit seiner Familie einziehen. Immerhin tröstlich fand ich: Die Küsters hatten fünf Kinder, einen Hund, Pferde und einen Esel – es würde wieder Leben ins Haus kommen.

Eine Schulstunde bei Leo Piontek werde ich nie vergessen, Ende Mai war das. Er kam in die Klasse gestürmt, schwenkte ein kleines Heft über seinem Kopf und verkündete: »Das ist es, Mädchen! Das ist unsere Zukunft! Die Fibel für freie Menschen! Das Grundgesetz.«

An die Kante seines Lehrertischs gelehnt las er vor:

Die Würde des Menschen ist unantastbar. Sie zu achten und zu schützen ist Verpflichtung aller staatlichen Gewalt. Das Deutsche Volk bekennt sich darum zu unveräußerlichen Menschenrechten als Grundlage jeder Gemeinschaft, des Friedens und der Gerechtigkeit in der Welt.

Er sah mit leuchtenden Augen in die Klasse. Seine Begeisterung steckte uns an. »Das ist wie Luftholen!«, rief er. »Eine Erlösung nach den dunklen Jahren des Nationalismus!«

Leo Pionteks Begeisterung teilten nicht alle. Wir waren froh, dass der Krieg zu Ende war. Aber alles Neue erschien unsicher. Wer mochte nach alldem an Frieden, an Gerechtigkeit glauben? Das waren große Worte. Es musste sich erst zeigen, was im Alltag dahinterstand. Und es gab einen Wermutstropfen: Deutschland war jetzt geteilt. Aus den drei Westzonen entstand die Bundesrepublik mit der Hauptstadt Bonn. Aus der sowjetischen Zone wurde die DDR. Die Teilung der Welt in West und Ost verlief nun mitten durch Deutschland.

Ich bestand die Prüfung zur Mittleren Reife. Plötzlich redeten alle davon, was für eine tolle Klasse wir gewesen seien und dass wir jedes Jahr ein Klassentreffen organisieren sollten. Roswitha wollte das in die Hand nehmen und schrieb sich alle Adressen auf. Nur Erika sagte, dass sie bestimmt nicht kommen würde. Für mich war die Zeit auf der Mädchenmittelschule ein Zwischenspiel gewesen. Nur die Freistunden im Schwanenpark blieben für mich so etwas wie ein Fenster, hinter dem sich Aufregendes getan hatte.

In den Sommerferien machte ich mit Gunnar, Achim und Johanna meine erste große Reise. Elsass, Südfrankreich, Belgien, Holland. Wir fuhren mit der Bahn, und wenn das Geld knapp wurde, trampten wir. Zum ersten Mal sprang ich ins Ungewisse, ließ alles Vertraute hinter mir. Ich lernte wie ein ABC-Schütze. Erstaunliches passierte: Johanna, die ich zuerst nicht leiden konnte, wurde mir eine gute Freundin. Mit ihr und mit Gunnar konnte ich reden, ohne Netz und doppelten Boden. Was wir sahen und erlebten, war weit entfernt von Sightseeing oder Urlaubsreise. Trümmer in den Städten, zerschossene Brücken, mühsame Anfänge neuen Lebens. Manche Menschen in Frankreich und Holland waren abweisend, als sie erfuhren, dass wir aus Deutschland kamen. Manche hielten uns für verrückt, in dieser Zeit einfach so durch die Welt zu stromern. Viele aber begrüßten uns freudig. Trotz aller Sprachschwierigkeiten gab es ein großes Gemeinsames: NIE WIEDER KRIEG. Bei allen Unterschieden spürten wir eine Zusammengehörigkeit, die wichtiger war als jede Streiterei um den eigenen Vorteil. Als wäre die ganze Welt unsere Familie und die Zukunft gehöre allen Menschen guten Willens.

Wieder zu Hause warteten neue Veränderungen. Wir zogen in ein zwanzig Jahre altes Haus am Stadtrand ein, das in den folgenden Jahren von neuen Häusern und neuen Straßen umzingelt wurde und schon bald nicht mehr am Stadtrand lag. Zum ersten Mal hatte ich ein Zimmer nicht nur zum Schlafen für mich, einen eigenen Schreibtisch, einen eigenen Kleiderschrank. In dieser Zeit, in der noch so viel Not und Armut herrschte, schien uns unser plötzlicher Reichtum fast unanständig, und besonders Mutter schüttelte darüber oft den Kopf. Vater arbeitete wieder in der Buchhandlung und wurde der Nachfolger von

Herrn Großkopf, der in Rente ging. Nach den Sommerferien ging ich in die Viktoria-Luise-Oberschule für Mädchen. Wieder musste ich mich auf neue Mitschülerinnen, auf neue Lehrerinnen und Lehrer einstellen. Es fiel mir weniger schwer als beim Wechsel in die Mädchenmittelschule. Die Reiseerfahrungen des Sommers hatten mein Selbstvertrauen gestärkt.

Im Herbst flog Julia nach England und studierte dort weiter. Ihre Briefe klangen nicht nur euphorisch. Sie schrieb, dass es auch unter den englischen Studenten manche gab, die in jedem Deutschen weiter den Feind, den Nazi sahen. »Es braucht Zeit«, schrieb Julia. »All das Schreckliche lässt sich nicht ungeschehen machen. Die Narben werden bleiben, über die Generationen hin. Adam träumt immer noch von seiner ›Vereinigten internationalen Armee gegen den Tod‹.«

Louise und Leo Piontek blieben die engsten Freunde unserer Familie. Sie gehörten zu uns, ganz ohne »Blutsverwandtschaft«. Die Zeit der Hamsterfahrten war vorbei. Wenn sie am Wochenende zu uns kamen, redeten wir oft bis in die Nacht. Neue Freunde kamen dazu, die Duves, Fräulein Brinkmann aus der Buchhandlung und andere. An den Abenden ging es oft heiß her und die Meinungen prallten aufeinander: Planwirtschaft oder Marktwirtschaft? Wer sollte im neuen provisorischen Staat Bundesrepublik das Sagen haben? Wiederbewaffnung ja oder nein? Welche Bücher waren lesenswert, welche nicht? Wen wählte man am besten bei den Bundestagswahlen am 14. August?

Helmut und Gisela trennten sich nach zwei Jahren. Sie hatten festgestellt, dass sie doch nicht so gut zusammenpassten. Gisela fand Helmut zu grüblerisch. »Mal muss doch Schluss sein mit der Vergangenheit«, sagte sie. Aber Helmut ließ der Gedanke nicht los, dass wir einmal ein Teil dessen gewesen waren, was so viel Unheil und Verbrechen über die Welt gebracht hatte. Nach dem Ende seiner Lehrzeit fand er Arbeit in einer Tischlerei in der Stadt und zog zu uns.

An einem Wochenende im Herbst fuhren wir zusammen nach Bergen-Belsen. Der Wind trieb Regenschwaden über die weite Ödnis des Lagergeländes. Wir sahen die aufgeworfenen Hügel über den Massengräbern. Die Grundmauern der niedergebrannten Baracken. Das steinerne Mahnmal mit der hebräischen Inschrift, das jüdische Überlebende errichtet hatten, und das Hochkreuz aus Holz, das an die ermordeten Menschen aus Polen erinnerte. Der kalte Wind und der Regen, aber viel mehr noch der Gedanke an das, was an diesem Ort geschehen war, machte uns starr und stumm. Wir begegneten ein paar Leuten, die uns vielleicht vieles hätten erklären können, aber wir sprachen sie nicht an.

Von den vielen Anfängen war meine Freundschaft mit Gunnar das Beste, was mir passieren konnte. Auch wenn wir uns seit Langem aus den Augen verloren haben: Die Zeit mit ihm möchte ich nicht missen. Eine Jazzexpertin bin ich nicht geworden, aber Jazz höre ich immer noch gern. Ich spüre die Freude und die Begeisterung, die darin steckt. Diese unbändige Lust am Leben, diese Neugier auf alles, dieses Bestehen auf Ehrlichkeit, auf Ausprobieren und Selbermachen, egal was andere sagen.

Epilog

Morgen werde ich Gunnar schreiben. Es wird ein langer Brief werden. Zu erzählen gibt es viel. Von meiner alten Familie und von meiner neuen. Von meinem Mann und unseren drei Kindern. Von allem Guten, was mir in der langen Zeit des Friedens widerfahren ist und für das ich dankbar bin. Aber weil ich nicht vergessen kann, was vorher war, werde ich nie die Sorge loswerden, dass alles leicht verspielt werden kann. Ist nicht immer alles in der Schwebe, gestern, heute, morgen? Kommt es nicht immer auch darauf an, wie ich mich entscheide?

Ich bin froh, werde ich Gunnar schreiben, dass ich damals in euren wackligen Kahn eingestiegen bin. Einmal um die Schwaneninsel – für mich war es wie der Anfang meiner Reise in die Freiheit. Und es ist gut zu wissen, dass wir immer noch gemeinsam unterwegs sind.

ANHANG

VON DER DIKTATUR ZUR DEMOKRATIE

Wer wie die Zwillinge Hanne und Helmut Hoffmann in meiner Geschichte im Jahr 1931 in Deutschland geboren wurde, war in seiner Kindheit und Jugend ganz den propagandistischen Einflüsterungen der nationalsozialistischen Ideologie ausgesetzt. Die Erkenntnis, dass hinter Begriffen wie »Volksgemeinschaft«, »Heimatliebe«, »Ehre und Treue« und der Lagerfeuerromantik von Hitlerjugend und BDM ein menschenverachtendes Denken und Handeln stand, war ein langer und schmerzhafter Prozess. Noch heute gibt es Menschen, die das nicht wahrhaben wollen.

Hätten wir damals gelebt, auf welcher Seite hätten wir gestanden? Wären wir Täter gewesen? Oder Opfer? Oder Mitläufer? Schuldig, unschuldig? Der Weg von der Diktatur zur Demokratie in Deutschland war ein langer und mühseliger. Der erste Versuch mit der Demokratie nach dem Ersten Weltkrieg während der Weimarer Republik war gescheitert. Es folgten zwölf dunkle Jahre der Naziherrschaft und der von Hitler und seinen fanatischen Anhängern willentlich herbeigeführte Krieg. Als am 8. Mai 1945 mit der bedingungslosen Kapitulation der deutschen Wehrmacht der Zweite Weltkrieg in Europa zu Ende ging, war die von den Siegermächten verordnete Demokratie in den drei Westzonen so ungeliebt wie der von der Sowjetunion verordnete Sozialismus in der Ostzone. Die staatliche Selbstständigkeit war verloren. Schwere menschliche Schicksale, große materielle Not, moralische Depression oder trotzige Uneinsichtigkeit bestimmten das Leben. Die meisten Menschen waren froh, überlebt zu haben. In einer Zeit voller Ungewissheiten suchten sie nach Orientierung, nach Vertrauen, Liebe und Zuversicht.

Wie selten zuvor war die Friedenssehnsucht groß. NIE WIEDER KRIEG – dieser Appell schien die Welt zu einen. Eine Abkehr vom Denken in Nationalstaaten, in denen eigene Macht und Stärke wichtiger sind als das friedliche Miteinander aller Menschen, war weltweit spürbar. Im April 1946 wurden die Vereinten Nationen gegründet, eine Staatenverbindung zur Sicherung des Weltfriedens und zur Förderung der internationalen Zusammenarbeit. In einer Rede im September 1946 forderte der ehemalige englische Premier Winston Churchill die »Vereinigten Staaten von Europa«. *Nur dadurch,* so Churchill, *sind Millionen von Menschen in der Lage, die Freuden und Hoffnungen zu erlangen, die das Leben lebenswert machen.* Für eine Abwendung von nationalstaatlichem Denken plädierte auch der spanische Schriftsteller und Philosoph Ortega y Gasset im Oktober 1946: *Wenn wir uns versuchsweise vorstellen, wir sollten lediglich mit dem leben, was wir als Nationale sind, wenn wir etwa den Durchschnittsdeutschen aller Sitten, Gedanken, Gefühle zu entkleiden versuchen, die er von anderen Ländern des Erdteils übernommen hat, werden wir bestürzt sein, wie unmöglich eine solche Existenz schon ist: Vier Fünftel unserer inneren Habe sind europäisches Gemeingut. Für die Europäer bricht jetzt die Zeit an, da Europa zu einer Nationalidee werden kann. Nur das Vorurteil der alten Nationen steht dem entgegen, die Idee der Nation als Vergangenheit.*

Aber der Weg von der Diktatur zur Demokratie war und ist keine Einbahnstraße, nicht von oben nach unten zu befehlen.

Die große Politik, die Entwürfe großer Denker, sind das eine – die Hoffnungen, Träume und Sehnsüchte der Menschen sind das andere.

Ich habe mir vorgestellt, dass Hanne, die Erzählerin meiner Geschichte, für sich einen Weg findet, auf dem sie sich – nach blinder Gefolgschaft als »Jungmädel« – auf das Abenteuer der Freiheit einlassen kann. Die Entdeckung der Demokratie von innen heraus ist für sie ein aufregender, lebendiger Prozess, ein Aufbruch, ein Neuanfang, eine Befreiung.

Heute, mehr als siebzig Jahre nach dem Ende des Zweiten Weltkriegs und dem Anfang der Demokratie in Deutschland scheint es mir wichtig, daran zu erinnern, wie und woher die Freiheit und der Frieden gekommen sind, deren Vorzüge wir so selbstverständlich genießen.

WOHER UND WOHIN

Unvollständige Zeittafel

1933 **30. Januar** Adolf Hitler wird vom inzwischen 86-jährigen Reichspräsidenten Hindenburg zum Reichskanzler ernannt.

27. Februar Reichstagsbrand. Erste große Verhaftungswelle politischer Gegner. Die daraufhin von Hindenburg erlassene »Reichstagsbrandverordnung« vom 28. Februar zum »Schutz von Volk und Staat« setzt wesentliche Grundrechte außer Kraft und schafft die Voraussetzung zur Verfolgung politischer Gegner.

Ergebnisse der Reichstagswahlen vom 5. März 1933:
NSDAP 17,2 Mill. Stimmen, 288 Sitze (43,9 %)
SPD 7,1 Mill. Stimmen, 120 Sitze (18,3 %)
KPD 4,8 Mill. Stimmen, 81 Sitze (12,3 %)
Zentrum 4,4 Mill. Stimmen, 74 Sitze (11,3 %)
DNVP 3,1 Mill. Stimmen 52 Sitze (8 %)
BVP 1,0 Mill. Stimmen 18 Sitze (2,3 %)

März Errichtung des ersten Konzentrationslagers in Dachau.

Der Reichstag stimmt dem »Ermächtigungsgesetz« (»Gesetz zur Behebung der Not von Volk und Reich«) mit einer Zweidrittelmehrheit zu. Hitler bekommt das Recht, ohne Zustimmung des Parlaments Gesetze zu verabschieden. Nur 94 Abgeordnete der SPD um ihren Vorsitzenden Otto Wels stimmen dagegen. Der Rechts- und Verfassungsstaat ist damit außer Kraft gesetzt.

Verbot der sozialdemokratischen Presse.

Die Hitlerjugend wird zur Staatsjugend, alle anderen Jugendverbände werden verboten.

Juli   Parteienverbot. Außer der NSDAP gibt es keine Parteien mehr in Deutschland.

Oktober   Austritt Deutschlands aus dem Völkerbund, dem Zusammenschluss von 34 Ländern, der 1920 für Abrüstung und zur Beilegung internationaler Konflikte gegründet worden war.

1934 **April**   Heinrich Himmler wird Chef der Geheimen Staatspolizei (Gestapo). Er ist – nach Hitler – der Mann mit der größten Machtfülle im Naziregime und verantwortlich für das System der totalen Überwachung, für Willkür und Terror.

Juni   Auf Betreiben von Hitler und Göring wird eine lange vorbereitete »Säuberungswelle« durch Kommandos der SS mit Unterstützung der Gestapo und der Reichswehr durchgeführt. Unter dem Vorwand, SA-Stabschef Erich Röhm habe einen Putsch geplant, werden in der sogenannten »Nacht der langen Messer« (30. Juni/1.Juli 1934) Röhm und mehr als 100 andere unliebsame Gefolgsleute (u.a. auch Hitlers Amtsvorgänger Kurt von Schleicher) ermordet. In der Folge des sogenannten »Röhm-Putschs« verliert die SA (die vor der Machtergreifung der Nationalsozialisten vor allem eine Rolle bei Straßen- und Saalkämpfen mit den politischen Gegnern gespielt hat) an Einfluss und die SS unter ihrem Reichsführer Heinrich Himmler gewinnt an Macht.

2. August   Reichspräsident Paul von Hindenburg stirbt. Hitler ernennt sich zum Reichspräsidenten und erhält den Oberbefehl über die Reichswehr.

1935 **März**   Das nationalsozialistische Deutschland verkündet die Einführung der allgemeinen Wehrpflicht und den Aufbau einer Luftwaffe. Beides sind Zuwiderhandlungen gegen den Versailler Vertrag. Ungeachtet des Protestes des Völkerbunds nehmen Hitlers Kriegsvorbereitungen ihren Lauf.

15. September Reichsparteitag in Nürnberg: Die antisemiti-
schen »Nürnberger Gesetze« werden verkündet. Sie schaffen
die rechtliche Grundlage für die Verfolgung der Juden in
Deutschland. Im sogenannten »Blutschutzgesetz« wird die
Heirat von Juden und Nichtjuden verboten. Vom 14. November an gelten Juden nicht länger als Reichsbürger. Sie dürfen
nicht wählen, kein öffentliches Amt bekleiden, jüdische
Beamte werden aus dem Staatsdienst entfernt.

1936 Die Hitlerjugend hat inzwischen 6 Millionen Mitglieder.

Februar / August Olympische Spiele in Garmisch-Parten-
kirchen und in Berlin.

1937 Nach der Russischen Revolution 1917, dem Russischen Bür-
gerkrieg und der Gründung der Sowjetunion 1922 befiehlt
deren Diktator Josef Stalin ab 1936 umfangreiche »Säube-
rungen«, d. h. Ermordungen von Andersdenkenden, die sich
der »Diktatur des Proletariats« entgegenstellen. Ab 1937
kommt es auch zu »Säuberungsaktionen« in der Roten
Armee.

Die »Bekennende Kirche« war in der Zeit des Nationalsozialismus eine Oppositionsbewegung evangelischer Christen,
die sich der Vereinnahmung durch die staatstreuen »Deutschen Christen« und die nationalsozialistische Ideologie
widersetzt.

Als prominenter Vertreter der »Bekennenden Kirche« wird
Pfarrer Martin Niemöller am 1. Juli 1937 verhaftet und
schließlich im KZ Sachsenhausen inhaftiert. Er wird 1941 ins
KZ Dachau verlegt und dort 1945 von amerikanischen Soldaten befreit.

1938 März »Anschluss Österreichs«: Unter dem Jubel großer Teile
der Bevölkerung marschieren im März 1938 deutsche Soldaten in Wien ein. Das Zusammenspiel deutscher und öster-
reichischer Nationalsozialisten bewirkt die Ablösung der
österreichischen Regierung. Adolf Hitler, gebürtiger Öster-
reicher, erreicht Schritt für Schritt das völlige Aufgehen
Österreichs im Deutschen Reich.

28. – 30. September   Münchner Abkommen: Hitler erreicht von England, Frankreich und Italien die Zustimmung, dass die zur Tschechoslowakei gehörenden sudetendeutsche Gebiete an Deutschland übergeben werden. Das Münchner Abkommen gilt als Höhepunkt der britisch-französischen Appeasement-Politik, d.h. der Politik des Entgegenkommens um des Friedens willen. Im März 1939 bricht Hitler dieses Abkommen und befiehlt die Besetzung »Rest-Tschechiens« durch deutsche Truppen.

9./10. November   Von SS und SA organisierte Pogrome. Fast alle Synagogen in ganz Deutschland werden verwüstet und niedergebrannt, jüdische Bürger verhaftet und ermordet, jüdische Geschäfte geplündert. Aus der Diskriminierung der Juden wird systematische Verfolgung, die drei Jahre später in den Holocaust, die geplante Vernichtung, mündet.

1939   **23. August**   Hitler-Stalin-Pakt. Trotz grundverschiedener ideologischer Ausrichtungen vereinbaren das nationalsozialistische Deutschland und die kommunistische Sowjetunion einen Nichtangriffspakt. In einem »Geheimen Zusatzprotokoll« wird u.a. die Aufteilung Polens im Kriegsfall unter beiden Mächten festgelegt.

1. September   Mit dem deutschen Überfall auf Polen beginnt der Zweite Weltkrieg.

3. September   England und Frankreich erklären Deutschland den Krieg. Ende der sogenannten »Appeasement-Politik«.

17. September   Sowjetischer Einmarsch in Ostpolen.

9. Oktober   Auf privatem Briefpapier schreibt Adolf Hitler eine Ermächtigung an zuständige Untergebene und beauftragt sie, die Befugnisse von Ärzten so zu erweitern, dass unheilbar Kranken – bei kritischer Beurteilung ihres Zustandes – der »Gnadentod gewährt« werden kann. Die am 9. Oktober verfasste Notiz datiert Hitler auf den 1. September (Kriegsbeginn) zurück. In der Folge beginnt das sogenannte »Euthanasie-Programm«. Es ist die

Grundlage für die systematische Ermordung behinderter und psychisch kranker Menschen. In nur anderthalb Jahren finden durch das nationalsozialistische Euthanasie-Programm 100 000 Menschen den Tod. Nach kirchlichem Protest durch den Münsteraner Kardinal C. A. Graf von Galen wird das Programm gestoppt. Unter strenger Geheimhaltung werden die Mordaktionen fortgesetzt, wodurch noch einmal 20 000 bis 30 000 Menschen zu Tode kommen.

8. November   Gescheitertes Attentat auf Hitler durch Johann Georg Elser im Bürgerbräukeller in München.

1940   **9. April**   Deutsche Truppen besetzen Dänemark und Norwegen.

Mai / Juni   »Westfeldzug«. Deutscher Angriff und Vormarsch in den Niederlanden, in Belgien, Luxemburg und Frankreich. In Erinnerung an den langen Stellungs- und Grabenkrieg im Ersten Weltkrieg 1914–1918 in Frankreich, der mit der deutschen Niederlage endete, bricht jetzt nach dem schnellen militärischen Erfolg großer Jubel in Deutschland aus.

Nach dem militärischen Sieg über Frankreich ist die Eroberung Großbritanniens das nächste Ziel. Eine Invasion auf der Insel wird jedoch mehrfach verschoben. Heftige Luftangriffe auf englische Städte fordern viele Tote und Verletzte unter der Zivilbevölkerung.

Viele Tote und Verletzte durch englische Bombenangriffe auf deutsche Städte.

15. Oktober   Charlie Chaplins Hitlerparodie »Der große Diktator« wird in New York uraufgeführt.

1941   Beginn der Kinderlandverschickung (KLV) in Deutschland. Aus den durch die alliierten Luftangriffe gefährdeten deutschen Großstädten werden Kinder und Jugendliche in »luftsichere« Orte evakuiert. Viele kommen in KLV-Lager, in denen sie im nationalsozialistischen Sinn unterrichtet und zu Wehrübungen herangezogen werden.

22. Juni   Unternehmen »Barbarossa«: entgegen des Nichtangriffspaktes deutscher Überfall auf die Sowjetunion.

3. September Erste Vergasungen von Häftlingen im Vernichtungslager Auschwitz; hinter der vorrückenden Front
werden weitere Vernichtungslager auf polnischem Boden
errichtet.

Dezember Nach dem Angriff auf die amerikanische Pazifik-
flotte in Pearl Harbor durch japanische Kampfflieger
am 7. Dezember erklären die USA Japan den Krieg. Am
11. Dezember erklären Deutschland und Italien den USA
den Krieg.

1942 20. Januar Wannsee-Konferenz: Unter dem Vorsitz des SS-
Obergruppenführers Reinhard Heydrich wird die Organisa-
tion der Deportation und Vernichtung der gesamten
jüdischen Bevölkerung in Europa geplant. Im Nazijargon:
»Endlösung der Judenfrage«. Im Frühjahr 1942 beginnen die
Transporte von Juden, Sinti und Roma aus Westeuropa und
Deutschland nach Auschwitz und die Massenvergasungen im
Vernichtungslager Auschwitz-Birkenau.

1943 31. Januar / 2. Februar Die deutsche Niederlage bei der
Schlacht um Stalingrad bringt die militärische Wende im
Zweiten Weltkrieg.

18. Februar Die studentische Widerstandsgruppe Weiße Rose
in München um die Geschwister Sophie und Hans Scholl
wird verhaftet. Die führenden Mitglieder werden kurz
darauf in einem unwürdigen Schauprozess zum Tode verurteilt und hingerichtet.

Heftige alliierte Luftoffensive auf deutsche Städte. Bei der
Bombardierung Hamburgs in mehreren Angriffswellen
vom 24. Juli bis 3. August durch englische Flieger sterben
ca. 34 000 Menschen.

1944 6. Juni D-Day: Alliierte Truppen landen in der Normandie.
Englische und amerikanische Soldaten befreien Frankreich
und marschieren weiter Richtung Westen, während sich von
Osten her die Rote Armee Deutschland nähert.

20. Juli Gescheitertes Attentat auf Hitler durch Oberst Claus
Graf von Stauffenberg. Der geplante Staatsstreich einer

Gruppe hoher Militärs aus der Führungsschicht der Wehrmacht misslingt. Viele der Verschwörer werden verhaftet und hingerichtet.

Der »Deutsche Volkssturm« wird zusammengestellt.

Die Rote Armee rückt unaufhaltsam nach Westen vor. Die Deutschen schließen die Konzentrationslager im Osten.

September Heinrich Himmler ruft die Aktion »Werwolf« ins Leben.

1945 Deutsche verlassen zu Hunderttausenden ihre Heimat im Osten. Lange Flüchtlingstrecks aus Ostpreußen, Pommern und Schlesien ziehen Richtung Westen.

13. / 14. Februar Flächenbombardierung Dresdens durch britische Fliegerverbände. Am 14. und 15. Februar bombardieren auch amerikanische Flieger die mit Flüchtlingen überfüllte Stadt. 25 000 Menschen finden den Tod.

15. April Britische Soldaten befreien das Konzentrationslager Bergen-Belsen.

30. April Selbstmord Hitlers. Die Rote Armee erobert Berlin.

8. Mai Bedingungslose Kapitulation der deutschen Wehrmacht. Ende der Naziherrschaft in Deutschland und Österreich. Ende des Zweiten Weltkriegs in Europa.

26. Juni Unterzeichnung der Charta der United Nations Organisation (UNO) in San Francisco durch Vertreter von 50 Nationen.

17. Juli – 2. August Auf der Potsdamer Konferenz im Schloss Cecilienhof verkünden die alliierten Siegermächte die Aufteilung des Deutschen Reiches und Berlins in vier Besatzungszonen.

6. – 9. August Amerikanische Atombombenabwürfe auf Hiroshima und Nagasaki.

2. September Kapitulation Japans, Ende des Zweiten Weltkriegs.

17. September – 17. November In Lüneburg: Der erste
Prozess gegen das Wachpersonal des KZ Bergen-Belsen
endet mit 11 Todesurteilen.

20. November Beginn der Nürnberger Prozesse gegen
24 hauptverantwortliche Nationalsozialisten.

1946 12. Januar Obwohl der Alliierte Kontrollrat sich auf eine
gemeinsame Bestimmung für die Entnazifizierung geeinigt
hat, wird sie in den Besatzungszonen mit unterschiedlicher
Strenge durchgeführt.

14. Februar Der Alliierte Kontrollrat genehmigt die Wieder-
aufnahme des Postverkehrs zwischen Deutschland und dem
Ausland.

15. Februar In der britischen Zone: Deutsche Vertreter aus
Parteien, Gewerkschaften und Verwaltung gründen auf
Anweisung der Alliierten einen Zonenbeirat, der die Mili-
tärregierung berät.

21. Februar Erste Ausgabe der Wochenzeitung »DIE ZEIT« in
Hamburg.

7. März In der sowjetischen Zone: Gründung der Freien Deutschen Jugend (FDJ) unter Vorsitz Erich Honeckers.

21. – 22. April In der sowjetischen Zone: Vereinigungspar-
teitag von KPD und SPD zur Gründung der SED (Sozialisti-
sche Einheitspartei Deutschlands).

13. Mai Auf Anordnung der alliierten Militärregierung sollen
nationalsozialistische Denkmäler zerstört, Museen aufgelöst
und Bücher mit nationalsozialistischem Inhalt aus Biblio-
theken und Buchhandlungen entfernt werden.

Juli Die ersten deutschen Soldaten kehren aus sowjetischer
Kriegsgefangenschaft zurück.

15. Oktober Uraufführung des ersten deutschen Nachkriegs-
films *Die Mörder sind unter uns* von Wolfgang Staudte.

1947 1. Januar Die amerikanische und die britische Zone werden
zur Bizone vereinigt.

Im Rahmen der Umerziehung (Re-Education) zeigen die westlichen Alliierten den Film *Todesmühlen* mit Aufnahmen aus den Konzentrationslagern Buchenwald, Dachau und Bergen-Belsen.

Ende Januar Eine ungewöhnliche Kältewelle in Zentraleuropa mit Temperaturen von 20 Grad unter null führt zu großen Problemen für die in den Trümmern lebenden Menschen.

April Auf Empfehlung der alliierten Außenminister wird die weitere Entnazifizierung in deutsche Verantwortung übertragen.

5. Juni Der amerikanische Außenminister George C. Marshall fordert ein wirtschaftliches Aufbauprogramm für Europa unter Einbeziehung Deutschlands.

Juli Konferenz von 16 europäischen Staaten über den Marshallplan. Die Sowjetunion lehnt die Teilnahme ab.

20. – 24. September In der sowjetischen Zone: 2. Parteitag der SED: Walter Ulbricht fordert die Einführung der Planwirtschaft in der SBZ und eine Umwandlung der SED nach dem Vorbild der sowjetischen KPdSU.

20. November Prinzessin Elisabeth, spätere Königin Elisabeth II. von Großbritannien, heiratet den Oberleutnant Philip Mountbatten in London. Weltweites Medieninteresse.

20. November Der Schriftsteller Wolfgang Borchert stirbt in Basel an Kriegsfolgen einen Tag vor der Uraufführung seines Schauspiels *Draußen vor der Tür*.

25. November – 15. Dezember Auf der sechsten Konferenz des Außenministerrats der vier Siegermächte in London wird bei der Erörterung der Deutschen Frage der sich verschärfende Ost-West-Konflikt deutlich.

1948 **30. Januar – 8. Februar** Olympische Winterspiele in St. Moritz. Deutschland und Japan sind davon ausgeschlossen.

20. März Ende des Alliierten Kontrollrats nach Ausscheiden des sowjetischen Vertreters aus Protest gegen die Beschlüsse von London.

20. Juni Währungsreform in den westlichen Besatzungszonen. Einführung der D-Mark.

23. Juni Währungsreform in der Sowjetzone.

24. Juni Blockade der Westsektoren Berlins zu Lande und zu Wasser durch sowjetisches Militär. Die Sowjetunion erklärt die Vier-Mächte-Verwaltung Berlins für beendet.

26. Juni Beginn der britisch-amerikanischen Luftbrücke. Über ein Jahr lang wird die Bevölkerung Westberlins per Flugzeug mit Lebensmitteln versorgt.

8. August Der 1. FC Nürnberg wird erster deutscher Fußballmeister der Nachkriegszeit.

10. – 23. August Verfassungskonvent auf der Insel Herrenchiemsee: Elf Delegierte der Länder der Westzonen kommen zusammen, um über den Entwurf für ein Grundgesetz für Westdeutschland zu beraten, das dem geplanten Parlamentarischen Rat als Arbeitsgrundlage dienen kann.

September Konstituierung des Parlamentarischen Rates in Bonn. Wahl Konrad Adenauers zum Präsidenten.

10. Dezember Die Vereinten Nationen (UNO) verabschieden in Paris die »Allgemeine Erklärung der Menschenrechte«.

13. Dezember In der sowjetischen Zone: Gründung der Jugendorganisation »Junge Pioniere« in Ostberlin.

1949   **25. Januar** Als Reaktion auf den Marshall-Plan gründen die Sowjetunion und die osteuropäischen Staaten den »Rat für gegenseitige Wirtschaftshilfe« (RGW/COMECON).

7. März In den westlichen Zonen: Premiere des Films *Liebe 47* nach dem Schauspiel *Draußen vor der Tür* von Wolfgang Borchert.

19. März In der sowjetischen Zone: Verabschiedung der Verfassung der künftigen DDR durch den Volksrat der Länder.

4. April Gründung der Nordatlantischen Verteidigungsgemeinschaft (NATO) in Washington.

8. Mai In den westlichen Zonen: Das Grundgesetz für die

zukünftige Bundesrepublik Deutschland wird vom Parlamentarischen Rat in dritter Lesung angenommen.

10. **Mai** In den westlichen Zonen: Der Parlamentarische Rat wählt Bonn als vorläufige Bundeshauptstadt.

12. **Mai** Die Sowjetunion hebt die Berlin-Blockade auf.

23. **Mai** Das Grundgesetz für die Bundesrepublik Deutschland tritt in Kraft.

14. **August** In den westlichen Zonen: Wahlen zum 1. Deutschen Bundestag.

Wahlbeteiligung 78,5 %
SPD 29,2 %
CDU 25,2 %
CSU 5,8 %
FDP 11,9 %
Bayernpartei 4,2 %
DP (Deutsche Partei) 4 %
KPD (Kommunistische Partei Deutschlands) 5,7 %
Zentrum 3,1 %

12. **September** Die Bundesversammlung in Bonn wählt Theodor Heuss (FDP) zum Bundespräsidenten. Gegenkandidat Kurt Schumacher (SPD).

15. **September** Konrad Adenauer (CDU) wird zum ersten Bundeskanzler gewählt. Die Regierung setzt sich aus einer Koalition von CDU/CSU, FDP und DP zusammen.

21. **September** Das Besatzungsstatut zur Abgrenzung der Befugnisse und Verantwortlichkeiten der zukünftigen deutschen Regierung und der Alliierten Kontrollbehörde tritt in Kraft.

7. **Oktober** Gründung der Deutschen Demokratischen Republik (DDR).
Präsident: Wilhelm Pieck
Ministerpräsident: Otto Grotewohl
Stellvertretender Ministerpräsident und einflussreichster Politiker: Walter Ulbricht

1961   Um die Massenflucht aus der DDR zu unterbinden, befiehlt
        die SED-Führung den Bau einer Mauer, die fortan den
        Ostteil von den drei Westsektoren Berlins trennt. Zwischen
        1961 und 1989 sterben 140 Menschen beim Versuch, die
        Grenzanlagen in Berlin zu überwinden.

1963   Der französische Präsident Charles de Gaulle und der deut-
        sche Bundeskanzler Konrad Adenauer unterzeichnen am
        22. Januar in Paris den sogenannten Elysée-Vertrag über die
        deutsch-französische Zusammenarbeit. Sie vereinbaren
        regelmäßige Konsultationen, Jugendaustausch und wirt-
        schaftliche Zusammenarbeit. Der Vertrag ist eine wichtige
        Voraussetzung der Integration der Bundesrepublik in das
        Bündnissystem des Westens und beendet die jahrhunderte-
        lange »Erbfeindschaft« zwischen Frankreich und Deutsch-
        land. Die daraus hervorgehende Politik des friedlichen
        Miteinanders öffnet den Weg zum Zusammenschluss von
        inzwischen 28 europäischen Ländern zur Europäischen
        Union.

1970   Die neue Ostpolitik, vertreten durch den sozialdemokrati-
        schen Bundeskanzler Willy Brandt, leitet die Versöhnung
        Deutschlands mit den osteuropäischen Ländern ein. Am
        7. Dezember, dem Tag der Unterzeichnung des Warschauer
        Vertrages zwischen der Bundesrepublik und Polen, kniet
        Willy Brandt vor dem Denkmal für die Toten des War-
        schauer Ghettos nieder. Diese wortlose Geste findet weltweit
        Beachtung und sorgt für eine neue Sicht auf Deutschland
        nach den nationalsozialistischen Verbrechen.

1979   Im Januar wird im Deutschen Fernsehen die fiktive, viertei-
        lige amerikanische Fernsehserie »Holocaust – Die Geschichte
        der Familie Weiss« ausgestrahlt. Sie löst – mehr als 30 Jahre
        nach dem Kriegsende – eine breite öffentliche Diskussion in
        Deutschland über die nationalsozialistischen Verbrechen aus.

1985   In einer vielbeachteten Gedenkrede zum Ende des Zweiten
        Weltkriegs sagt Bundespräsident Richard von Weizsäcker
        im deutschen Bundestag: »Der 8. Mai war ein Tag der
        Befreiung. Er hat uns alle befreit von dem menschenverach-
        tenden System der nationalsozialistischen Gewaltherrschaft.«

1989   Durch die Reformpolitik von Glasnost und Perestroika, vertreten vom Generalsekretär des Zentralkomitees der KPdSU Michail Gorbatschow, kommt es zu einer Annäherung der Sowjetunion an den Westen und einer Veränderung der Machtverhältnisse im Ostblock. Die friedliche Revolution in der DDR und der Fall der Berliner Mauer am 9. November 1989 ermöglichen die Wiedervereinigung Deutschlands. Die Siegermächte des Zweiten Weltkriegs, die bis dahin völkerrechtlich noch immer die Verantwortung für Deutschland als Ganzes hatten, stimmen am 12. September 1990 im Zwei-plus-Vier-Vertrag der Einheit der beiden deutschen Staaten zu und billigen dem vereinten Deutschland volle Souveränität zu.

GLOSSAR

Äthernarkose
Heute veraltete Narkosemethode, die zuerst 1846 eingesetzt wurde und
die häufig zu Erbrechen führte.

An diesem Dienstag
Erzählung von Wolfgang Borchert. Im November 1947 als titelgebende
Geschichte eines Erzählbands erschienen.

Auschwitz
Das Lager Auschwitz wurde im besetzten Polen errichtet und erstreckte
sich über eine Fläche von 40 Quadratkilometern. Es lag zwischen Krakau
und Kattowitz, unweit der zwischen 1921 und 1945 dem Deutschen
Reich zugehörigen Städte Gleiwitz (heute Gliwice) und Hindenburg
(heute Zabrze). Sieben polnische Dörfer mussten für den Ausbau des Lagers geräumt werden. Lager Auschwitz 1 wurde 1940 anfangs als Arbeits-
lager geplant. Von der billigen Arbeitskraft der Lagerinsassen profitierten
umliegende Industrieunternehmen, ab Frühjahr 1941 auch die IG Farben
AG. Lager Auschwitz 2, das berüchtigte Vernichtungslager Auschwitz-
Birkenau, ließ Heinrich Himmler – Reichsführer SS und Chef der Deutschen Polizei – ab Herbst 1941 erbauen. Es bestand aus 250 Holz- oder
Steinbaracken, vorgesehen für je 300–400 Menschen, die zumeist mit
der doppelten Anzahl belegt waren. Von Mai 1940 bis November 1943
war Rudolf Höß Kommandant des Lagers. Jüdische Menschen aus allen
von den Nationalsozialisten besetzten europäischen Ländern, auch Sinti
und Roma, Frauen, Kinder und Männer, wurden in Viehwaggons nach
Auschwitz transportiert. Die Züge fuhren 800 Meter in das Lager hinein,
wo an der sogenannten »Rampe« die »Selektion« stattfand. Hier wurde

entschieden, wer sofort in den Gaskammern ermordet wurde und wen man vorerst als Arbeitskraft benutzte. Einer, der die »Selektionen« an der »Rampe« vornahm, war Josef Kramer, ab Januar 1945 Lagerkommandant im KZ Bergen-Belsen. In Auschwitz wurden mehr als eine Million Menschen ermordet. Der Name Auschwitz steht für ein beispielloses Menschheitsverbrechen, unbeschreibliches Leid und ein Erschrecken darüber, wozu Menschen fähig sind.

BDM
»Bund Deutscher Mädel«. Organisation für die 14- bis 18-jährigen Mädchen innerhalb der Hitlerjugend. Hanne Hoffmann, geb. 1931, war zwischen 1941 und 1945 noch »Jungmädel« (Organisation für die 10- bis 14-jährigen Mädchen). In ihrem kleinen Dorf nahm sie häufig an den »Heimabenden« der älteren BDM-Mädchen teil, an denen sie sich orientierte.

Bebop
Jazzmusikrichtung der 1940er Jahre, die den Swing ablöste. Sie war von afroamerikanischen Musikern entwickelt worden, die Jazz nicht mehr nur als Tanz- und Unterhaltungsmusik begriffen, sondern als Kunst. Bebop war offen für Improvisation und gilt als Ursprung des Modern Jazz.

Bergen-Belsen
Das Lager Bergen-Belsen wurde ursprünglich 1940 von der deutschen Wehrmacht als Kriegsgefangenenlager für französische und belgische Kriegsgefangene in der Nähe des Truppenlagers Belsen eingerichtet, ab Juli 1941 auch für sowjetische Kriegsgefangene benutzt. Bis April 1942 starben 14 000 von ihnen an Hunger, Seuchen und Kälte. Im April 1943 trat die Wehrmacht den südlichen Teil des Lagergeländes an die SS ab, die dort ein sogenanntes »Austauschlager« für jüdische Menschen einrichtete. Sie sollten als Geiseln festgehalten und gegen im Ausland internierte Deutsche ausgetauscht werden. Im Rahmen der Räumung frontnaher Konzentrationslager ab Sommer 1944 wurden bis Mitte April 1945 mindestens 85 000 Häftlinge nach Bergen-Belsen gebracht, was zu katastrophalen Verhältnissen führte. Zwischen 1943 und 1945 starben im KZ Bergen-Belsen etwa 52 000 Frauen, Männer und Kinder, unter ihnen Anne Frank und ihre Schwester Margot. Im September 1945 fand vor einem englischen Militärgericht in Lüneburg der erste Prozess gegen das

Wachpersonal des Konzentrationslagers Bergen-Belsen statt. Der Lager-kommandant Josef Kramer und zehn weitere Wächterinnen und Wäch-ter wurden zum Tode verurteilt und hingerichtet.

Wolfgang Borchert (1921 – 1947)
Oberrealschule in Hamburg-Eppendorf, Buchhandelslehre, Schauspiel-unterricht. 1940: Verhaftung und Verhör durch die Gestapo wegen uner-wünschter Gedichte. 1941 Fronteinsatz in der Sowjetunion. Gelbsucht. Verwundung der linken Hand. Borchert wird unter dem Verdacht ange-klagt, sich die Verwundung selbst beigebracht zu haben. Der Ankläger fordert die Todesstrafe, der Prozess endet mit Freispruch. Erneuter Front-einsatz, erneute Anfälle von Gelbsucht und Fleckfieber. Abtransport in die Heimat. Lazarettaufenthalt im Harz. Im Urlaub in Hamburg tritt Wolfgang Borchert als Kabarettist auf. Wieder bei den Soldaten soll er wegen Dienstuntauglichkeit entlassen und zu einem Fronttheater abge-stellt werden. Einen Tag vor der Entlassung wird er wegen eines politi-schen Witzes denunziert, verhaftet und ins Gefängnis Berlin-Moabit überführt. Nach fünf Monaten Untersuchungshaft im September 1944 zur »Feindbewährung« entlassen. Im Frühjahr 1945 flieht er aus französi-scher Kriegsgefangenschaft und schlägt sich auf strapaziösem Weg 600 Kilometer bis in seine Heimatstadt Hamburg durch. Er arbeitet noch kurz als Regieassistent am Hamburger Schauspielhaus und wird Mitbe-gründer des Theaters »Die Komödie«. Ab Frühjahr 1946 ist er ans Bett gefesselt. Es entstehen in rascher Folge Erzählungen und Gedichte. Im Januar 1947 schreibt er innerhalb von acht Tagen das Drama *Draußen vor der Tür*. Am 21. November 1947 stirbt Wolfgang Borchert einen Tag vor der Uraufführung seines Stückes, das die Friedenssehnsucht vieler Men-schen der Generation junger Deutscher nach 1945 zum Ausdruck bringt und noch heute ein beeindruckender Mahnruf gegen den Krieg ist. Das meiner Geschichte vorangestellte Gedicht *Versuch es* schrieb Wolfgang Borchert 1940 im Alter von 19 Jahren.

Displaced Persons
Personen nichtdeutscher Staatsangehörigkeit, die im Zweiten Weltkrieg von den deutschen Besatzern in das Gebiet des Deutschen Reiches ver-schleppt worden waren. Am Ende des Krieges hielten sich etwa 8,5 Mil-lionen Displaced Persons (Kriegsgefangene, Zwangsarbeiter und KZ-Häftlinge) im ehemaligen deutschen Reichsgebiet auf (z. B. in Bergen-

Belsen). Sie wurden von Hilfsorganisationen der UNO betreut, in ihr Heimatland oder in andere Staaten umgesiedelt.

Karl Dönitz (1891 – 1980)
Deutscher Marineoffizier, NSDAP-Mitglied. Nach Hitlers Selbstmord letztes Staatsoberhaupt des Deutschen Reiches. Im Nürnberger Prozess gegen die Hauptkriegsverbrecher zu 10 Jahren Haft verurteilt.

Dora-Nordhausen
Außenlager des KZ Buchenwald. Ab Sommer 1943 mussten im »Mittelbau Dora« mehr als 60 000 Menschen aus fast allen Ländern Europas in unterirdischen Stollen Zwangsarbeit für die deutsche Rüstungsindustrie leisten. Jeder dritte von ihnen starb. Untergebracht wurden die KZ-Zwangsarbeiter in 40 Lagern, die über den gesamten Harz verteilt waren.

Effi-Schnitte
In den Vierzigerjahren beliebter modischer Schnittmuster-Katalog.

Entnazifizierung
Die alliierten Siegermächte wollten die NS-Ideologie aus dem öffentlichen Leben in Deutschland verbannen. In der sowjetischen Zone war die Entnazifizierung mit dem grundlegenden Umbau der Gesellschaft verbunden. Die Aufsicht unterlag dem sowjetischen Geheimdienst. Funktionsträger der NSDAP wurden in Speziallagern interniert. In den drei westlichen Zonen mussten ehemalige deutsche Soldaten sowie Deutsche, die öffentliche Funktionen innehatten, einen Fragebogen ausfüllen. Nach dessen Auswertung wurden sie eingestuft in Hauptschuldige, Belastete, Minderbelastete, Mitläufer und Entlastete. Das Ergebnis der Entnazifizierung sollte darüber bestimmen, welche beruflichen Möglichkeiten jemand in der demokratischen Gesellschaft hatte. Sogenannte »Persilscheine«, d. h. positive Erklärungen für den Betroffenen, die von Freunden, Arbeitskollegen, Geistlichen oder Gegnern des NS-Regimes abgegeben werden konnten, ließen die Entnazifizierung fragwürdig erscheinen. Die Maßnahme wurde in den jeweiligen Zonen mit unterschiedlichem Elan durchgeführt und schon bald deutschen Behörden übertragen. Die Entnazifizierung konnte nicht verhindern, dass viele ehemalige Nationalsozialisten noch lange in der Bundesrepublik wie auch in der DDR an gesellschaftlich verantwortlicher Stelle zu finden waren.

Eskimo-Nell
The Ballad of Eskimo Nell. Anzügliches Lied in Reimform, das unter englischen Soldaten beliebt war.

Grundgesetz
Das Grundgesetz für die Bundesrepublik Deutschland wurde – im Auftrag der drei westlichen Besatzungsmächte – vom Verfassungskonvent (den Beauftragten der 11 Länder) auf der Insel Herrenchiemsee entworfen und vom Parlamentarischen Rat in Bonn am 23. Mai 1949 erlassen. Die Väter des Grundgesetzes verstanden es als eine deutliche Reaktion auf die Verbrechen in der Zeit des Nationalsozialismus. Artikel 1: »Die Würde des Menschen ist unantastbar. Sie zu achten und zu schützen ist Verpflichtung aller staatlichen Gewalt«. Das Grundgesetz ist inzwischen ein bewährtes Fundament demokratischer Ordnung in Deutschland.

Hamsterfahrten
Weil die Ernährungslage in den Städten nach dem Krieg noch lange schlecht war, fuhren viele Städter aufs Land, um bei den Bauern Wertgegenstände (Schmuck, Uhren usw.) gegen Lebensmittel zu tauschen.

Heißmangel
Bügelmaschine, auch Walzbügler genannt, zum Bügeln von Bett- und Kopfkissenbezügen, Tischdecken oder Geschirrtüchern. In der Nachkriegszeit stand so eine Maschine oft in einem Gemeinschaftswaschhaus, wo sie von vielen Dorfbewohnern genutzt werden konnte.

Hitlerjugend
Bezeichnung für die nationalsozialistische Jugendorganisation mit ihren verschiedenen Untergliederungen. Sie wurde 1926 als Jugendorganisation der NSDAP gegründet und war nach der Machtübernahme 1933 Staatsjugend. Ab 1939 wurde die Teilnahme an den Veranstaltungen der Hitlerjugend zur Pflicht. Die Treueformel, die schon die zehnjährigen Jungen und Mädchen beim Eintritt in die Hitlerjugend nachsprechen mussten, lautete: »Ich verspreche, in der Hitlerjugend allzeit meine Pflicht zu tun in Liebe und Treue zum Führer und unserer Fahne.« Wöchentliche Heimabende und Sportnachmittage, Fahrten in die nähere Umgebung und einmal im Jahr ein Aufenthalt in einem Ferienlager gehörten zum Programm. Im Krieg wurden Jungen und Mädchen zum Geldein-

231

sammeln für das Winterhilfswerk, für Aufräumarbeiten nach Bomben-
angriffen und zur Erntehilfe eingesetzt. In den besetzten Gebieten im
Osten mussten Hitlerjungen und BDM-Mädchen in den Haushalten
umgesiedelter Volksdeutscher Dienst leisten und wurden auch zur Betreuung der Soldaten in den Lazaretten herangezogen. Auch bei der Kinderlandverschickung waren die Führerinnen und Führer der Staatsjugend als Aufsichtspersonen und zur Betreuung eingesetzt. Viele Jungen
wurden in den letzten Wochen des Krieges noch Flakhelfer im Volkssturm und kamen dabei ums Leben.

It's a long way to Tipperary
Lieblingslied britischer Soldaten, das zum Standardrepertoire vieler Mi-
litärkapellen gehört. Seit dem Ersten Weltkrieg ist es weltbekannt. Es
erzählt von einem Iren im Ausland, der sich nach seiner Freundin Molly
sehnt.

Jamsession
Zwangloses Zusammenspiel, Improvisieren von Jazz-Musikern, die übli-
cherweise nicht in einer Band zusammenspielen. Session = Sitzung, Ver-
anstaltung.

Jungmädel
10- bis 14-jährige Mitglieder des »Jungmädelbundes« in der Hitlerjugend. Ihre Uniform bestand aus weißer Bluse, blauem Rock, Halstuch
und Lederknoten und musste selbst bezahlt werden. An Adolf Hitlers
Geburtstag wurden die ältesten »Jungmädel« mit 14 Jahren in den BDM
überwiesen. Vorher mussten sie eine Leistungsprüfung bestehen, die
»JM-Probe«, die in sportlichen Anforderungen und im Nachweis von auf
den Heimabenden erworbenen Kenntnissen bestand.

Jungvolk
Die in der Hitlerjugend organisierten 10- bis 14-jährigen Jungen, die
sogenannten »Pimpfe«. Ihre Uniform: Schwarze Hosen, braunes Hemd
mit Schulterklappen, Halstuch und Lederknoten, Schulterriemen. Hakenkreuz auf dem Koppelschloss des Gürtels.

Kaddisch
Eines der wichtigsten jüdischen Gebete, u. a. zum Totengedenken.

Josef Kramer
Machte nach langer Arbeitslosigkeit Karriere im nationalsozialistischen
Unmenschlichkeitsregime. Er war Lagerkommandant der Konzentrati-
onslager Natzweiler-Struthof, Auschwitz-Birkenau und Bergen-Belsen.

Krauts
Bezeichnung englischer und amerikanischer Soldaten für die deutschen
Kriegsgegner (Kraut = Sauerkraut).

Schwester Luba
Die Polin Luba Frederick kam 1944 aus der Hölle von Auschwitz, wo ihr
dreijähriges Kind und ihr Mann von den Nazis ermordet wurden, in die
Hölle von Bergen-Belsen. Dort kümmerte sie sich um die Waisenkinder
des Lagers und sorgte für ihr Überleben. Sie galt als »Engel von Bergen-
Belsen«. Ihre außerordentliche Lebensleistung beschreibt Hetty E. Verolme in ihrem Buch *Wir Kinder von Bergen-Belsen*.

Glenn Miller
Amerikanischer Musiker, Bandleader, Komponist und Arrangeur der
Swing-Ära. Die Musik des »Glenn Miller Orchestra« blieb auch nach
Glenn Millers Tod durch Flugzeugabsturz 1944 bis weit in die Fünfziger-
jahre populär.

Mit uns zieht die neue Zeit
Zeile aus dem Lied *Wann wir schreiten Seit' an Seit'*. Das Lied, ursprünglich
proletarischen Inhalts, wurde in der Nazizeit von der Hitlerjugend und
dem BDM vereinnahmt und viel gesungen. Es stammt von Hermann
Claudius – Urenkel des Dichters Matthias Claudius –, der SPD-Mitglied
war. Das Lied in der Vertonung von Michael Englert hat eine starke Sug-
gestionskraft. Es appelliert an ein Gemeinschaftsgefühl, mit dem sich
Menschen von so unterschiedlicher Weltanschauung wie Nationalsozialisten und Sozialdemokraten gleichermaßen identifizieren konnten. Wer
will nicht auf der Höhe der Zeit sein, mit ihr ziehen? Aber welchen Inhalt sie hat, die »neue Zeit«, das sagt das Lied nicht. Noch heute wird es
am Ende von SPD-Parteitagen gesungen.

Marshall-Plan
Wiederaufbauprogramm für Europa, vorgeschlagen vom US-Außenmi-

nister George C. Marshall 1947. Der Marshall-Plan sollte einerseits die unter wirtschaftlichen Kriegsfolgen leidenden europäischen Länder in die Lage versetzen, ihre Produktionen wieder aufzubauen und Handel und Zahlungsverkehr zu liberalisieren. Andererseits sollte er auch der unter Überproduktion leidenden US-Wirtschaft Absatzmärkte verschaffen. Politisch war der Marshall-Plan mit einer antikommunistischen Zielsetzung verknüpft. Die Sowjetunion schloss sich davon aus und untersagte der sowjetisch besetzten Zone, der CSSR, Polen und Rumänien die Teilnahme. Dadurch verstärkte sich der Ost-West-Konflikt. Letztlich versetzte der Marshall-Plan die westdeutsche Wirtschaft in die Lage, aus eigener Kraft Fortschritte zu erzielen.

Muckefuck
So wurde der Malzkaffee genannt, der in Ermanglung von Kaffeebohnen statt Bohnenkaffee getrunken wurde.

Onkelehe
Eheähnliches Zusammenleben einer Kriegerwitwe mit einem Mann, den sie aus finanziellen Gründen nicht heiraten will.

Ortsbauernführer
Nach der Machtübernahme der NSDAP 1933 wurde die landwirtschaftliche Produktion im sogenannten »Reichsnährstand« unter die Kontrolle der Partei gestellt. Als unterstes Glied dieser Organisation war der Ortsbauernführer Vertreter der Bauernschaft eines Dorfes.

Charlie Parker (1920 – 1955)
Legendärer amerikanischer Jazzmusiker, Saxofonist und Komponist, herausragender Interpret des Bebop.

Provinz Posen
Eine Landschaft mit wechselvoller Geschichte. Von 1815 bis 1920 war das Gebiet (identisch mit dem früheren Großherzogtum Posen) eine Provinz des Staates Preußen. Ab 1871 gehörte es zum Deutschen Reich. Zwei Drittel der Bevölkerung sprachen Polnisch, ein Drittel Deutsch, die Menschen waren mehrheitlich katholisch. Nach dem Ersten Weltkrieg kam es zu einem polnischen Aufstand. Bis auf die deutschsprachigen Randgebiete ging die Provinz Posen gemäß dem Versailler Vertrag zu-

rück an Polen. Nach dem Überfall Hitlers auf Polen 1939 annektierte Deutschland die Provinz Posen und schlug sie mit anderen eroberten polnischen Gebieten dem »Reichsgau Wartheland« mit der Hauptstadt Posen zu. Nach 1945 wurde die deutsche Minderheit von dort vertrieben und das gesamte Gebiet wieder polnisch.

Reichsmark

Die 1924 nach dem Inflationsjahr 1923 eingeführte Währung war in der Zeit der Weimarer Republik und des Nationalsozialismus gültig. 1948 wurde sie mit der Währungsreform von der D-Mark abgelöst.

Rosinenbomber

Umgangssprachliche Bezeichnung für die Flugzeuge der Engländer und Amerikaner, die während der Berliner Luftbrücke die Bevölkerung mit Lebensmitteln versorgten.

Schwarzmarkt

Bedingt durch knappe und rationierte Lebensmittel waren viele Waren in den Geschäften nicht erhältlich. Nur auf dem Schwarzmarkt konnte man zu überhöhten Preisen, per Tausch oder gegen Bezahlung in Zigaretten Lebensmittel ergattern. Der Schwarzmarkt fand in den Städten auf Plätzen oder abseitigen Straßen statt. Trotz häufig stattfindender Razzien verschwand der Schwarzmarkt erst nach der Währungsreform 1948.

SA

»Sturmabteilung«. Die SA war eine paramilitärische Kampforganisation der NSDAP, von Hitler noch in der Zeit der Weimarer Republik 1921 gegründet. Sie war in viele Saalkämpfe mit Nazigegnern verwickelt und wurde nach 1933 als Hilfspolizei eingesetzt. Nach der Ermordung ihrer Führungsspitze 1934 (siehe Zeittafel »Röhm-Putsch«) verlor die SA an Bedeutung.

Derrick Sington

Englischer Presseoffizier, der zu den Ersten gehörte, die am 15. April 1945 das Konzentrationslager Bergen-Belsen befreiten. Sington fuhr mit einem Lautsprecherwagen in das Lager und war mit den unvorstellbar grausamen Verhältnissen dort konfrontiert. Er blieb bis August 1945 in Bergen-Belsen und arbeitete dort u. a. als Dolmetscher. Über seine Er-

fahrungen berichtete er in dem 1947 auch auf Deutsch erschienenen Buch
Die Tore öffnen sich.

SS

»Schutzstaffel«. 1925 von Hitler gegründet wurde die SS unter ihrem
Chef Heinrich Himmler zur brutalen Bekämpfung der inneren und äu-
ßeren Feinde des NS-Staates eingesetzt. Im Krieg wurde die »Waffen-
SS« als Eliteeinheit Freiwilliger an gefährliche Einsatzorte entsendet und
beging zahlreiche grausame Kriegsverbrechen. SS-Leute waren verantwortlich für die Planung und Durchführung der Massenmorde in den
Konzentrationslagern.

Stalingrad

Die Schlacht bei Stalingrad 1942/43 und die Niederlage der deutschen 6.
Armee unter General Paulus gilt als Wendepunkt des Zweiten Weltkriegs. Hitler bestand auf dem Ausharren der eingekesselten deutschen
Soldaten. Über 700 000 Menschen, die meisten von ihnen Soldaten der
Roten Armee, kamen ums Leben. Von den 110 000 Soldaten der deutschen Wehrmacht, die in russische Gefangenschaft gerieten, kehrten nur
ca. 6000 in die Heimat zurück.

Suchdienst

Der Suchdienst des Deutschen Roten Kreuzes hatte sich nach Ende des
Zweiten Weltkriegs die Aufgabe gestellt, die Schicksale vermisster Soldaten oder anderer durch den Krieg heimatlos gewordener Menschen zu
klären. So wurden z.B. im Lager Friedland in einer Kartei Informationen
über die dort ankommenden Heimkehrer gesammelt. In einer zweiten
Kartei wurden die Daten der vermissten und gesuchten Menschen zusam-
mengetragen. Täglich wurden Suchmeldungen im Radio verlesen.

Tausendjähriges Reich

Propagandabegriff der Nationalsozialisten für ihren Staat. Er geht zurück
auf den theologischen Begriff des Chiliasmus, der Verheißung einer tau-
sendjährigen Herrschaft Christi auf Erden am Ende der geschichtlichen
Zeit. Die Nationalsozialisten wollten mit diesem Begriff ihrer Herrschaft
einen quasireligiösen Anstrich geben und sie als Endzustand der deutschen und der Weltgeschichte kennzeichnen.

Todesmärsche
Als gegen Ende des Krieges die Konzentrationslager im Osten vor dem Herannahen der Roten Armee geschlossen und die Spuren des Massenmords verwischt werden sollten, trieben die Wachmannschaften die Lagerinsassen in langen Märschen Richtung Westen. Viele Menschen, die nicht mehr genügend Kraft hatten, wurden erschossen.

Tommy
Umgangssprachliche Bezeichnung für englische Soldaten.

Volksgemeinschaft
Ein Begriff, der während der Weimarer Republik schon von den Sozialdemokraten benutzt worden war. Zur »Volksgemeinschaft« zu gehören schien unverfänglich und der natürliche Wunsch aller. Im nationalsozialistischen Sinn stand er für die Idee des Volks als Rasse- und Weltanschauungsgemeinschaft, eines Volks, das sich geschlossen hinter seinem Führer versammelt. Klassen- und Standesschranken sollten aufgehoben werden. Was für viele Menschen anziehend schien, galt letztlich der Gleichschaltung der öffentlichen Meinung. »Volksgemeinschaft« im nationalsozialistischen Sinn meinte nicht Integration, sondern bedeutete genauso Ausschluss der Andersdenkenden und Andersgläubigen.

Volkssturm
Ein von den Nationalsozialisten zusammengetrommeltes letztes Aufgebot waffenfähiger Männer zwischen 16 und 60 zur Verteidigung des »Heimatbodens«.

Wandervogelbewegung
1896 entstandene Jugendbewegung von Schülern und Studenten hauptsächlich bürgerlicher Herkunft, die sich durch die fortschreitende Industrialisierung in ihren Lebensvorstellungen beeinträchtigt sahen. Sie lösten sich aus den engen Vorgaben von Elternhaus und Schule und wandten sich der Natur zu. Man ging auf lange Wanderfahrten, ließ sich anregen von den Idealen der Romantik, suchte eine eigene Lebensart zu entwickeln. 1913, ein Jahr vor dem Ausbruch des Ersten Weltkriegs, trafen sich viele Jugendbünde zum Ersten Freideutschen Jugendtag auf dem Hohen Meißner bei Kassel. Manche naturschwärmende Haltung glitt ins Nationalpa-

thetische ab. Viele Wanderführer wurden im Ersten wie im Zweiten Weltkrieg begeisterte Soldaten. Die mehr als hundert weltanschaulich unterschiedlichen Bünde wurden von den Nationalsozialisten verboten. Die Hitlerjugend als Staatsjugend nahm Elemente der Wandervogelbewegung auf und erschien so vielen jungen Menschen verlockend.

Werwolf

Im September 1944 von Reichsführer SS Heinrich Himmler ins Leben gerufene Untergrundbewegung, die sowohl den Vormarsch der alliierten Truppen durch Sabotageakte stören als auch Racheakte an kriegsmüden oder defätistischen Deutschen verüben sollte. Über das von Propagandaminister Josef Goebbels betriebene »Radio Werwolf« wurden in den letzten Tagen des »Dritten Reichs« Durchhalteparolen gesendet. Am Ende des Krieges ließen sich auch Hitlerjungen für die Organisation vereinnahmen. Namensgebend für die aussichtslosen Aktionen war – so eine naheliegende Vermutung – der Roman *Der Werwolf* von Hermann Löns. Er erzählt von einer Gruppe Bauern in der Lüneburger Heide, die sich im Dreißigjährigen Krieg gegen marodierende Soldaten und Plünderer selbst verteidigen und mit viel Gewalt ihre Familien und ihre Heimat zu schützen versuchen.

ZUM WEITERLESEN EMPFOHLEN

Wie war das in der Nazizeit? Wie kam es, dass so viele junge Menschen vom Nationalsozialismus begeistert waren? Zeitzeugen gibt es immer weniger. Eine beeindruckende, ehrliche Auseinandersetzung mit der eigenen Vergangenheit kann man lesen in:
Lore Walb
Ich, die Alte – Ich, die Junge
Konfrontation mit meinen Tagebüchern 1933 – 1945
Berlin 1997
Die Journalistin Lore Walb veröffentlicht als alte Frau Ausschnitte ihrer Tagebücher, die sie als vom Nationalsozialismus begeisterte junge Frau in den Jahren 1933 bis 1945 geschrieben hat, und kommentiert sie mit großer Ehrlichkeit und Entsetzen über ihr damaliges Denken und Fühlen.

Wie konnte man als intelligentes junges Mädchen dazu kommen, eine Führungsposition im Machtapparat der Nationalsozialisten einzunehmen? Das beschreibt die ehemalige BDM-Führerin Melita Maschmann in ihrem Buch:
Fazit
Mein Weg in der Hitler-Jugend
Stuttgart 1963
»Das Unheimliche lag eben darin«, schreibt Melita Maschmann, »dass nicht Gangster und Rohlinge, sondern gutartige, mit Gaben des Geistes und der Seele ausgestattete Menschen sich verführen ließen, dem abgründig Bösen zuzustimmen und ihm zu dienen.«

Wie hat es sich angefühlt, auf der anderen Seite der nationalsozialistischen Machtausübung zu stehen, von Gewalt und Tod bedroht? Vier

Zeitzeugen-Bücher von Überlebenden des Holocaust, die von ihren Erfahrungen im Konzentrationslager Bergen-Belsen berichten, haben mich besonders beeindruckt:

Hetty Esther Verolme, Jahrgang 1930 – ein Jahr älter als Hanne und Helmut in meiner Geschichte –, erzählt von der Deportation ihrer Familie aus Amsterdam nach Bergen-Belsen. Als eine der Ältesten im »Kinderhaus« von Schwester Luba findet sie inmitten der unbeschreiblichen Gräuel im Lager die Kraft, nicht nur für sich selbst zu sorgen.
Hetty E. Verolme
Wir Kinder von Bergen-Belsen
Aus dem Englischen von Mirjam Pressler
Weinheim 2005

Jona Oberski, Jahrgang 1938, wurde als Vierjähriger nach Bergen-Belsen verschleppt. Aus dem Abstand vieler Jahre beschreibt er, wie ein vierjähriges Kind die aus den Fugen geratene Welt des Lagers um sich herum zu verstehen versucht. Ein tief ergreifendes Buch, das mit sparsamer, aber treffender Sprache mehr sagt als viele dickleibige Dokumentationen.
Jona Oberski
Kinderjahre
Aus dem Niederländischen von Maria Csollàny
Neuausgabe Zürich 2016

Im Wechsel von Erzählung, Briefen und Fotos berichtet Anita Lasker-Wallfisch von der Zerstörung ihrer kulturbürgerlichen Familie in Breslau durch die Nazis. Nach Auschwitz deportiert überlebt sie das Vernichtungslager nur, weil sie als Cellistin im Lagerorchester spielen kann. Zusammen mit ihrer Schwester Renate wird sie beim Herannahen der Roten Armee nach Bergen-Belsen gebracht und durchlebt dort die grauenvollen letzten Wochen des Lagers.
Anita Lasker-Wallfisch
Ihr sollt die Wahrheit erben
Die Cellistin von Auschwitz
Mit einem Vorwort von Klaus Harpprecht
Hamburg 2016

Das Tagebuch, das Arieh Koretz als 16/17-jähriger Junge in der Zeit seines Lageraufenthalts in Bergen-Belsen geschrieben hat, vermittelt einen authentischen Eindruck vom Überlebenskampf und dem Alltag im Konzentrationslager.

Arieh Koretz
Bergen-Belsen
Tagebuch eines Jugendlichen 11.7.1944 – 30.3.1945
Aus dem Hebräischen von Gerda Steinfeld
Göttingen, 2011
Das Tagebuch ist im Rahmen der Schriftenreihe niedersächsischer Gedenkstätten im Wallstein Verlag in Göttingen erschienen, auf die ich hier besonders hinweisen möchte. In dieser Reihe finden sich weitere Zeitzeugenberichte und wissenschaftlich fundierte Dokumentationen, die einen verlässlichen Einblick in die Zeit des Nationalsozialismus geben.

Unser Blick zurück kann nicht derselbe sein wie der der Zeitzeugen. Aber vergessen sollten wir nie, was an einem Ort wie dem Lager Bergen-Belsen geschehen ist. Heute ist dort eine Gedenkstätte, in der viele Schicksale der Menschen von damals dokumentiert sind. In den letzten Kriegstagen hat sich hier besonders deutlich gezeigt, wohin das nationalistische Denken und Empfinden geführt hat. Jeder, der sich Gedanken macht über die Welt, in der wir in Zukunft leben möchten, sollte, meine ich, mindestens einmal im Leben die Gedenkstätte Bergen-Belsen oder ein anderes Konzentrationslager besuchen.

Einen ausführlichen Bericht über die Befreiung des Lagers Bergen-Belsen durch englische Soldaten kann man lesen in:
Derrick Sington
Die Tore öffnen sich
Berlin 2010
Der englische Presseoffizier Derrick Sington gehörte zu den ersten Engländern, die am 15. April 1945 mit einem Lautsprecherwagen in das Lager gefahren sind. Sein Buch und die Veröffentlichungen anderer englischer Militärs waren für mich Orientierung für das fiktive Tagebuch von Adam Bennett in meiner Geschichte.

DANK Bei der Entstehung dieses Buches waren viele Menschen hilfreich. Herzlichen Dank Dr. Thomas Rahe und Klaus Tätzler von der Gedenkstätte Bergen-Belsen für wichtige Auskünfte vor Ort, zahlreiche Informationen und Literaturhinweise. Oliver Schroer vom Stadtarchiv Göttingen danke ich für die Möglichkeit, Lokalzeitungen der Jahre 1945 – 1949 zu scannen. Ich danke den Zeitzeugen Anneliese Sandrock, Kristin und Reinhard Winkler, Dr. Marianne Zingel, Günter Ahrens, Heinrich Heise und Peter Hirt für ihre Geduld und Bereitschaft zu erzählen. Für historische Beratung danke ich Prof. Dr. Michael Behnen. Dr. Wiebke von Thadden herzlichen Dank für hilfreichen Rat und auch für ihr informatives Buch über den Wiederbeginn des kommunalen Lebens in Göttingen 1945 – 1948. Dr. Gisela Teistler verdanke ich Auskünfte über Schule und Schulbücher der unmittelbaren Nachkriegszeit. Meinem Vater Theodor Günther bin ich dankbar dafür, dass er mir und meinen Geschwistern seine Lebenserinnerungen hinterlassen hat. Für die wiederum gewissenhafte Begleitung meiner Arbeit am Manuskript danke ich meiner Lektorin Birgit Göckritz. Den Mitarbeiterinnen und Mitarbeitern im Gerstenberg Verlag sei Dank für Sorgfalt und Kreativität beim Büchermachen. Ein Dankeschön auch an Constanze Spengler für das, wie ich finde, passende Umschlagbild. Zuletzt und doch zuallererst danke ich meiner Frau Ulli. Bei diesem wie bei allen meinen Büchern war sie von Anfang an dabei.

HERBERT GÜNTHER wurde 1947 in Göttingen geboren und ist in einem kleinen Dorf zwischen Göttingen und Duderstadt aufgewachsen. Nach einer Buchhandelslehre arbeitete er als Lektor sowie als Leiter einer Kinderbuchhandlung in Göttingen. Er schrieb Drehbücher für Kinderfilme im ZDF und ist seit 1988 freier Schriftsteller. Zusammen mit seiner Frau Ulli übersetzt er auch Kinder- und Jugendbücher aus dem Englischen ins Deutsche. Für seine Bücher wurde er unter anderem mit dem Friedrich-Bödecker-Preis ausgezeichnet. Er lebt mit seiner Familie und vielen Büchern in Friedland bei Göttingen. Bei Gerstenberg ist von ihm außerdem erschienen: *Zeit der großen Worte* und *Der Widerspruch*.

224 Seiten, gebunden
ISBN 978-3-8369-5902-5

Herbert Günther

Der Widerspruch

1963. Vier Freunde, das vorletzte gemeinsame Schuljahr: Britta ist vor drei Jahren aus Stralsund in den Westen gekommen. Der schüchterne Robert wird zum Klassensprecher gewählt und verliebt sich in Britta, die wie er für die Schülerzeitung schreibt. Jonas vermisst seinen an den Kriegsfolgen gestorbenen Vater und leidet unter seinem selbstherrlichen Onkel. Die aufmüpfige Reni hat einen Studenten-Freund in der Stadt, der sie alle in eine politische Aktion hineinzieht ...

Ein spannender historischer Roman, erzählt aus verschiedenen Perspektiven.

Deutschlandfunk, Die besten 7

Herbert Günther gelingt es, das gesellschaftliche Klima jener Nachkriegs- und Aufbaujahre einzufangen. taz

Ein spannendes Zeitdokument

Westfälische Nachrichten

www.gerstenberg-verlag.de

Herbert Günther

Zeit der großen Worte

1914. Der Erste Weltkrieg bricht aus.
Paul lebt in einer Zeit, in der es
schwer ist, kein »Held« zu sein. Die
Schrecken des Krieges machen auch
vor seiner Familie nicht halt. Doch
von den Frauen in seiner Umgebung,
von der Mutter, von Helene, Louise
und Ida, fliegt ihm eine Ahnung zu,
dass das Leben ganz anders sein
könnte ...

272 Seiten, gebunden
ISBN 978-3-8369-5757-1

*Das Buch zeigt, was Krieg bedeutet:
hungern, warten, sich Sorgen
machen ... Man leidet mit Pauls
Familie mit.* Neue Zürcher Zeitung

*So wird Geschichte fassbar, so kann
man verstehen, was früher mit
heute zu tun haben könnte.* rbb

Ein packender Jugendroman.
Deutschlandfunk, Die besten 7

*Ausgezeichnet mit
dem Harzburger Eselsohr*

www.gerstenberg-verlag.de

1. Auflage 2018